एक बूढ़ा बर्थ डे

व अन्य कहानियां

कथा संग्रह

लेखक

निशीथ रंजन तिवारी

Title : Ek Budha Birthday
Author : Nishith Ranjan Tiwari

Published By-
Anjuman Prakashan
942, Mutthiganj, Prayagraj, 211003
www.anjumanpublication.com
anjumanprakashan@gmail.com

Printed and bound in India.
First published by Anjuman Prakashan in 2024

ISBN : 978-81-19562-15-2

Copyright © 2024
Cover & Typeset by Anjuman Prakashan

Price in india: 225/-

The author asserts the moral right to be identified as the author of this work

This book is a work of fiction. Names, characters, places, and incidents are the product of the author's imagination. Any resemblance to actual persons, living or dead, events, or locales is entirely coincidental.
All rights reserved. No part of this book may be reproduced or transmitted in any form or by any means, electronic or mechanical, and including photocopying, recording, or by any information storage and retrieval system, without the written permission of the Publisher, except where permitted by law.

मेरी बात

हमारे समक्ष लगातार दो खेल चल रहे हैं। पहला तो प्रकृति का विराट खेल है। जब मैं प्रकृति के खेल की बात करता हूं तो मेरा अर्थ विराट ब्रह्माण्ड से है, भगवान से है, जीवन से है, चेतना से है या नियति से है, भाग्य से है, हर उस बात से है जिससे हम परिचित हैं, जिससे चलायमान हैं, पर जिसे आज भी पूरी तरह जान नहीं सके हैं। वह खेल हमारे लिये रहस्यमय है। उदाहरण के लिये हम अच्छी तरह जानते हैं कि जीवन है, पर यह क्यों है, कहां से आता है, क्यों समाप्त हो जाता है, यह सब नहीं जानते।

दूसरा खेल हमारी चेतना का है, हमारा है। एक ओर तो हम प्रकृति के विराट खेल के पात्र हैं, दूसरी ओर हमारी चेतना हमारा अपना खेल अलग ही शुरु कर देती है। आज की स्थिति में यह खेल हमारी शारीरिक और मानसिक क्षमताओं, प्रेम, क्रोध, भय, लोभ, मोह आदि द्वंदात्मक भावों, हमारी मान्यता-ओं, सामाजिक व्यवस्थाओं, हमारे प्रकृति से संघर्ष और समाज में हमारे आपसी संघर्षों आदि पर आधारित होते हैं। जब तक यह खेल सामान्य रुप से चलते दिखते हैं तब तक तो ठीक रहता है पर जब इनमें विसंगतियां दिखने लगती हैं तो इन्हीं खेलों से कहानियां निकलती हैं जो उपरोक्त कारकों के आपसी क्रियाओं और प्रतिक्रियाओं से बनती हैं। यद्यपि हम अपने जीवन में इन सब को खेल न समझ कर इन बातों को बहुत गम्भीरता से लेते हैं।

एक कहानीकार का काम है इन सब तथाकथित गम्भीरताओं को, इनके बाहर निकल कर निष्पक्ष भाव से इन्हें देखना और इन्हें इस ढंग से प्रस्तुत करना जो आपका मनोरंजन करे और यह भी स्थापित कर सके कि सब कुछ तरह तरह का खेल ही है जो प्रकृति और चेतना द्वारा चल रहा है। यानी हमारा काम है इन खेलों को पकड़ना और रोचक ढंग से इन्हें आपके लिये प्रस्तुत करना।

मेरा प्रयास यही है कि मैं वास्तविक जीवन के बहुत करीब से चलने वाली ऐसी विसंगतियों को पकड़ कर कहानी के रुप में आपके समक्ष यथासंभव रोचक ढंग से प्रस्तुत कर सकूं जो हमारे जीवन के बुनियादी मूल्यों को भी स्थापित करने वाली हों।

शेष आपके हाथों में है। आपकी प्रतिक्रियाएं मुझे आगे सुधार के लिये प्रेरित करती हैं। धन्यवाद सहित...

निशीथ रंजन तिवारी

प्रयागराज

विषय सूची

कहानी से आगे

जिंदगी के रोजमर्रा के ढर्रे से अलग हट कर घटित हुई असामान्यतायें हमें रोमांचित करती हैं, जीवन में नये रंग भरती हैं, पर जब ये हमारे स्वीकार की सीमा से बाहर होने लगती हैं तो अविश्वास और हैरत में हम ख़ुद ही असामान्य होने लगते हैं। आज मैंने यह शिद्दत से महसूस किया। मेरे बचपन के मित्र राय साहब ने आज जो कुछ भी बताया वह कुछ ऐसा ही आश्चर्यभरा था।अविश्वस-नीय लग रहा था पर राय के भरोसे पर उँगली उठाना मेरे लिये नामुमकिन था।

हम दोनों कुछ क्षण एक दूसरे को चुपचाप देखते ही रह गये।

राय साहब संजीदा थे। इतने संजीदा, जितना मैंने उनको कभी भी नहीं देखा था। वे तो हंसने हंसाने वाले मस्त टाइप के इंसान थे जिनकी कुछ देर की सोहबत ही आपको तरोताजा करने के लिये काफी होती थी। ऐसा आदमी जब इतनी बहकी बहकी सी बातें करने लगे और वो भी बहुत गम्भीरता से, तो चिन्ता और घबराहट होना स्वाभाविक ही था। अचानक क्या हो गया था इनको ? अभी कल तक तो अच्छे भले थे।

यही मेरे मुँह से निकला भी-'अचानक आपको यह सब क्या महसूस होने लग गया है राय साहब? इतनी फैंसी बात कहां से सूझी?'

राय ने असहाय भाव से मुझे देखा-'आपको ये बात फैंसी नजर आ रही है और मेरी जान पर बनी हुई है। दोस्तों में मुझे आप पर ही भरोसा था कि मेरी बात कुछ हद तक समझ कर मदद करेंगे लेकिन........।'

'सच बताइये। आप वाकई सीरियस हैं या मजाक कर रहे हैं?' मैं अभी भी कन्फ्यूजन में था।

'भाई, अगर आप मेरी बात को मजाक समझ रहे हैं तो मेरे लिये तो अब कोई रास्ता बचा ही नहीं। मैं और कहां जाऊं? आप ऐसा कैसे कर सकते हैं?'

'राय साहब।' मैंने उन्हें समझाने की कोशिश करते हुए कहा-'आप खुद को मेरी जगह रख कर सोचिये। अगर मैं आपसे ऐसा कुछ अचानक से कहता तो क्या आप तुरन्त मान लेते ?'

कुछ देर सोच कर उन्होंने कहा-'शायद नहीं। शायद क्या, बिलकुल भी नहीं क्योंकि मैं आप नहीं हूं। आप का एक्सपोजर ज्यादा है, समझने की क्षमता ज्यादा है, आप खुद कहानीकार हैं और आपको ऐसी स्थितियों से बखूबी निबटने का अनुभव है। मैं रिक्वेस्ट करता हूं, आप बात को हल्के में मत लीजिये, इसे टालिये नहीं। मैं जो कुछ भी कह रहा हूँ, एकदम सच कह रहा हूं। अभी तक तो यह सब अकेले ही झेलता रहा हूं। सोचता था कि मेरा वहम है, ठीक हो जाएगा पर अब तो बात हद के पार हो रही है।'

'नहीं टालता मेरे भाई। आइये, एक बार फिर से देखा जाये, क्या है यह सब जिसने पूरा सर घुमा कर रख दिया है। आपको ऐसा एहसास कब से शुरु हुआ?'

राय साहब मेरे पीछे दीवार में टंगी घड़ी को काफी देर तक देखते रहे। मैं कुछ नहीं बोला। मुझे पक्का यकीन था कि वे खुद को व्यवस्थित कर रहे हैं जिससे इन अविश्वसनीय बातों को क्रम दे सकें।

आखिरकार उन्होंने बोलना शुरु किया-'मुझे बहुत दिनों से लग रहा था, शायद महीनों या सालों से लग रहा था कि मेरी जिन्दगी मेरी अपनी नहीं है। मेरे हर काम में किसी का दखल था। उसकी आवाज मेरे जेहन में गूंजती थी और चाहे जो भी मौका हो मैं उसको इंकार कर ही नहीं सकता था। मैं आपको बताऊं कि एक बार मेरे पिता सीरियस हालत में अस्पताल में भर्ती थे और मृत्यु से संघर्ष कर रहे थे। मैं उनकी हर तरह से सेवा करना चाहता था पर मैं, उस आवाज की बात टाल न सकने के कारण, उन्हें अस्पताल में ही छोड़ कर, अकारण नागपुर चला गया। जाते समय मुझे कुछ भी पता नहीं था कि ऐसे समय में मैं नागपुर क्यों जा रहा हूं? यह अलग बात है कि वहां पहुंचने के बाद स्टेशन पर ही जिस भटकी हुई लड़की से मेरी मुलाकात हुई, आगे चल कर कुछ फिल्मी स्टाइल में वही आपकी भाभी बनी। यह एक उदाहरण है। ऐसी परिस्थितियों को मैं हमेशा ही झेलता रहा हूं।'

'ये तो अच्छा ही हुआ न, राय साहब! आपको अपने जीवन का प्यार मिल गया, वो क्या कहते हैं-सोलमेट।'

'सही है। लेकिन आप सोचिये तो सही कि यह कितना ज्यादा तनाव भरा मामला है। मरते हुए बाप को छोड़ कर ऐसे भागना सही कैसे हो सकता है?

अगर उन्हें सच में कुछ हो गया होता या उस लड़की का मामला न होता तो क्या था यह सब? कैसे जस्टीफाई होता? मैं किसी को मुँह दिखाने के लायक्र नहीं रह जाता। जैसे मैं पूरी तरह किसी और के इशारे पर चलने को मजबूर हूँ। मैं कुछ कर ही नहीं सकता।'

'हम सब भी कहां अपने से कुछ कर पाते हैं। ऊपर वाले की मर्जी से ही तो सब चलता है। आपको निदा फाजली की वो गजल नहीं याद आ रही है जो हम लोग साथ सुना करते हैं-अपनी मर्जी से कहां अपने सफर के हम हैं, रुख हवाओं का जिधर का है उधर के हम हैं।'

'सब याद है भाई, लेकिन ये मसला वैसा नहीं है। ऊपर वाले की मर्जी की बात तो मैं भी जानता हूं पर यह अलग ही है। यह तो किसी नीचे वाले की मर्जी है जो मुझे बरबाद किये दे रही है। कहीं कुछ हिप्नॉसिस वगैरह तो नहीं है?'

'हिप्नॉसिस!' मुझे आश्चर्य हुआ-'ऐसा आपको क्यों लग रहा है?'

'क्योंकि यह अजीबोगरीब है। ऐसी स्थिति के बारे में मैंने कभी सुना नहीं, कभी किसी के साथ ऐसा होते देखा नहीं। मैं भी जानना चाहता हूं कि मेरे ही साथ ऐसा क्यों है? मैं वजह खोजता रहता हूं। कल ही एक जगह पढ़ा कि आपको हिप्नोटाइज करके आपके भीतर पोस्ट हिप्नोटिक सजेशन प्लाण्ट किये जा सकते हैं। मुझे लगा कि फिर आप जीवन भर उस सजेशन के गुलाम रहेंगे। वो बोलेगा और आपको वही करना होगा।'

मैंने सोचते हुए कहा-'जहां तक मुझे हिप्नॉसिस की बेसिक जानकारी है, ऐसा तो नहीं हो सकता। पोस्ट हिप्नॉटिक सजेशन का प्रयोग होता है, यह प्रभावी भी है पर इसे एक बार में एक ही सजेशन तक सीमित रखना पड़ता है। ऐसा नहीं हो सकता कि कोई इसके जरिये आपके दिमाग पर पूरा कंट्रोल कर ले और हमेशा आप से जैसे चाहे कराता रहे।'

राय साहब के चेहरे पर उत्तेजना और संतुष्टि के भाव एक साथ प्रकट हुए। वे बेचैनी में उठ कर खड़े हो गये और चहलकदमी करते हुए बोले-'यही तो बात है। यही तो मैं कह रहा था। केवल आप ही हैं जो मुझे इस झमेले से बाहर निकाल सकते हैं।'

वे अचानक मेरी ओर मुड़े और हाथ जोड़ कर बोले-'तिवारी जी, मुझे बचा

लीजिये। आप ही यह कर सकते हैं।'

राय साहब के इस अन्दाज पर मैं वाकई घबरा गया। कभी भी उनको इतना दीन हीन और परेशान न देखे होने के कारण स्वाभाविक तौर पर यही लगा कि इनकी परेशानी सारी हदें पार कर चुकी है। लेकिन क्यों ? अचानक क्या हो गया है हमारे सदा सर्वदा हंसने हंसाने वाले राय साहब को ? मैंने उनके जुड़े हुए हाथों को अपने हाथों में पकड़ कर उन्हें सांत्वना देने की कोशिश करनी चाही पर मेरे मुंह से शब्द ही नहीं निकले। आंखों ही आंखों में मैंने उन्हें आश्वस्त करने का प्रयास किया।

राय साहब ही धीरे धीरे बोले-'जब मैंने यह पढ़ा तो मैं यहां के एक मशहूर 'साइकियाट्री एण्ड हिप्नॉसिस सेन्टर' पर गया और उनको पूरी बात बतायी। उन्होंने भी ठीक यही कहा जो आपने अभी बताया। उन लोगों ने हिप्नॉसिस रुम में मेरा पूरा चेक अप भी किया और पूरी तरह आश्वस्त किया कि मैं किसी हिप्नॉसिस या और किसी भी तरह की मानसिक बीमारी का शिकार नहीं था। आपने इस विद्या का विशेषज्ञ न होते हुए भी अपनी सामान्य जानकारी से ही बात पकड़ ली। मुझे पूरा भरोसा है कि आप मुझे इस झंझावात से मुक्ति दिला देंगे।'

'आइये राय साहब, हम इस मामले पर रिलैक्स होकर आराम से बात करते हैं।' मैंने कॉफी मशीन ऑन करते हुए कहा।

कॉफी की खुशबू अपने आप में ही काफी रिलैक्सिंग होती है। हम लोग इसका आनन्द लेते हुए तब तक कुछ नहीं बोले जब तक कि वह मग में भर कर टेबिल पर नहीं आ गयी। इस बीच राय साहब खिड़की से बाहर की हरियाली और नीले आसमान में उड़ते सफेद बादलों को देखते हुए पता नहीं क्या क्या सोचते रहे।

'अब मुझे बताइये कि इतने लम्बे समय से यह सब झेलते रहने के बाद आपको अचानक ऐसा क्या अलार्मिंग लगा जो आप इतना अधिक परेशान हो गये? मेरा मतलब है कि पहले कभी आप ने ऐसा कुछ कहा नहीं, पहले कभी आप को इतना परेशान देखा नहीं, जबकि आज आप बता रहे हैं कि ऐसा बहुत ही लम्बे अरसे से चल रहा है।'

'हां। ये आन्तरिक गूंज लम्बे समय से मुझे मेरी इच्छाओं के खिलाफ ले जा

कर मानसिक रुप से तोड़ने का काम करती रही है लेकिन यह सब इसी भ्रम में चलता गया कि शायद ईश्वर की यही इच्छा है। शायद ऐसा ही होता है सभी के साथ। कुछ काम मैं अपनी मर्जी से कर भी लेता हूं जिससे ये सब बातें उठाने की जरुरत नहीं लगी। लेकिन कल......... कल सुबह... सोकर उठते ही गूंजना शुरु हो गया। लगातार वह गूंज कह रही थी कि मेरे मरने का समय आ गया है। मैं उसे बता दूं कि मैं कैसे मरना चाहता हूं। अपनी सुविधा के अनुसार आत्महत्या करके, या एक्सीडेन्ट में या किसी के द्वारा मारे जाकर या......वगैरह।'

'हे भगवान!' आश्चर्य से मेरा मुंह खुला का खुला रह गया।

'इस बार इस गूंज ने मुझे हिला कर रख दिया। मैंने अपनी पत्नी को देखा, बच्चे को देखा, अपने माता पिता और दोस्तों को याद किया। अभी तो अपने परिवार के प्रति मेरी सारी जिम्मेदारियां बाकी थीं। मैं नहीं रहा तो इनका क्या होगा? मेरे बाद इनको संभालने वाला कोई भी तो नहीं है। लेकिन यह भी सही है कि यह गूंज मुझे छोड़ने वाली तो नहीं ही थी। इसने कभी मुझे नहीं छोड़ा। वह करा कर ही दम लिया जो यह चाहती थी। अगर यह कह रही है तो मुझे मारे बिना नहीं रहेगी चाहे मैं अपनी च्वाइस बताऊं या नहीं।'

मैं राय साहब को देखता ही रह गया। कुछ भी समझ में नहीं आया कि यह सब क्या था। कोई मानसिक बीमारी नहीं, हिप्नॉसिस नहीं, तो क्या? बहुत बड़ा सा यक्ष प्रश्न मुंह बाये खड़ा था जिसका कोई उत्तर दूर दूर तक नहीं दिख रहा था। लेकिन जवाब खोजना तो था ही। अब समय भी नहीं रह गया था। अगर ये बातें ठीक इसी तरह घटित हो रही थीं जैसा राय साहब ने बताया तो राय साहब तो गये। इस रहस्यमय स्थिति से निबटने का कोई रास्ता नजर ही नहीं आ रहा था। मैंने कॉफ़ी का लम्बा घूंट भरा और उसकी मीठी कड़वी गरमाहट को गले के नीचे उतरते महसूस किया।

कभी कभी कॉफी तगड़ा बूस्ट मारती है। मैंने राय साहब से पूछा-'आप अपनी च्वाइस उसे कैसे बतायेंगे ?'

बेमन से कॉफी का घूंट भरते राय साहब ने खाली खाली निगाहों से मुझे देखा और बोले-'मुझे नहीं पता। उसने ऐसा कुछ नहीं बताया।'

मैं उठ कर कमरे में ही टहलने लगा। क्या था ? कैसे होगा ? आदि प्रश्न

लगातार घूम रहे थे । एक बात तो पक्की थी कि कहीं न कहीं से शुरुआत तो करनी ही थी और वो भी अभी तुरन्त । मुझे लगा कि सबसे पहला काम तो यह होना चाहिये कि राय साहब की बातों पर पूरा पूरा विश्वास किया जाये । इन बातों को उनके मन की बहक न माना जाय । बहक मानने का कोई कारण भी नहीं था । अब संभावना क्या बनती है ? क्या किसी परा शक्ति ने उन के दिमाग पर काबू कर लिया था ? लेकिन कोई परा शक्ति यह सब उल्टे सीधे काम क्यों करायेगी ? इन परा शक्तियों का अपना एजेण्डा होता है, उद्देश्य होता है । राय साहब की इस हालत की जिम्मेदार शक्ति को पकड़ने का क्या उपाय हो सकता था ? क्या हमें इन्तजार करना चाहिये कि यह शक्ति राय साहब को यह बताये कि वे अपनी च्वाइस उसे कैसे बतायें ? तब हम उसे घेरने की कोशिश करें। नहीं, बिलकुल नहीं । उस शक्ति का कोई भरोसा नहीं किया जा सकता है । दूसरे, तब तक बहुत देर भी हो जायेगी । मैं यह इन्तजार नहीं कर सकता । फिर क्या ?

मैंने अपने घूमते हुए सिर को सही करने के लिये कॉफी का एक जोरदार घूंट लगाया और कॉफी ने निराश नहीं किया । पस्त पड़े राय साहब को देखते हुए मैंने कहा-'राय साहब ! हिम्मत हारने से तो कुछ होने वाला नहीं है । आपने मेरे ऊपर इतना भरोसा दिखाया है तो मेरा यकीन भी कीजिये । मैं आपको इस मुसीबत से निकाल कर ही रहूंगा ।'

'आप का ही तो भरोसा है वरना मैं मर तो पक्का ही रहा हूं ।'

'मरें आपके दुश्मन ।' जुमला जड़ते हुए मैंने आगे कहा-'एक बात को तो तय मानिये । अगर कोई बाहरी शक्ति आपको कमाण्ड देकर आपके मन में गूंज पैदा करके आपसे अपना मनचाहा काम करा ले रही है तो आप दोनों में किसी न किसी तरह का कनेक्शन तो जरुर है । यह भी पक्का है कि जीते जागते आदमी के साथ यह कनेक्शन एकतरफा तो नहीं हो सकता । आपकी अपनी विल पावर है । अगर वह आपसे कमाण्ड द्वारा कनेक्ट हो सकता है तो आप भी उससे अपनी इच्छा शक्ति द्वारा कनेक्ट हो सकते हैं ।'

'कैसे ? कैसे कनेक्ट हो सकता हूं यही तो नहीं समझ में आया । मैंने उससे मानसिक सम्पर्क करना चाहा पर कुछ नहीं हुआ । मैं मेडीटेशन सेन्टरों से लेकर ऊर्जापात करने वाले और प्रेत भगाने वाले बाबाओं तक की शरण में जा कर अपना कुल कुल करम करवा चुका हूं । कुछ भी नहीं होता ।'

'एक और चीज ट्राई करते हैं राय साहब । जहां सब फेल है वहां एक और प्रयास करने में क्या हर्ज है।'

'क्या ?' राय ने हैरानी से पूछा ।

'जर्नलिज्म। अपना जर्नल लिखना। या कहें तो पब्लिकेशन। जो कुछ आप पर गुजर रहा है उसे आप लिख डालिये। मैं उसे अखबारों में छपवा कर और अन्य माध्यमों से भी उसका प्रचार करता हूं। है तो दूर की कौड़ी पर एक दो बार पहले काम कर चुकी है।'

राय साहब अचानक धड़ाम से सोफे पर गिरे और उनका चेहरा विकृत होकर तन गया। आंखें बाहर निकल आयीं। दांत पर दांत बैठे होने के कारण उनके मुंह से गों गों के अलावा कोई आवाज नहीं निकल रही थी। वे इस तरह तड़प रहे थे मानों उन्हें बिजली का करेन्ट लग रहा हो। घबराहट में मैं खड़ा हो गया और उन्हें पकड़ कर स्थिर करने की कोशिश करने लगा पर उन्होंने मुझे ऐसा जोरदार धक्का दिया कि मैं भी संभल नहीं पाया और दीवार से टकरा कर जमीन पर गिरा।

वो खड़े होकर जोर से चिल्ला रहे थे-'नहीं चाहिये मुझे तुम्हारी कोई मदद। मैं इतना बेवकूफ नहीं हूं जितना तुम मुझे बना रहे हो। खबरदार, मुझसे दूर रहो। नहीं तो मैं तुम्हारा टेंटुआ दबा दूंगा। हरामी कहीं के।'

'राय साहब, क्या हो गया अचानक ?'

'मर गये राय साहब। तुम्हें क्या ? अपनी खैरियत चाहते हो तो तुम तो दूर ही रहो वरना जो दुर्गति करुंगा कि रुह तक कांप जायेगी। मैं जा रहा हूं। रोकने की जरा भी कोशिश मत करना नहीं तो मैं तुम्हारे ऊपर ही सवार हो जाऊंगा।'

जैसे बहुत अधिक नशे की हालत में हों, वैसे ही राय साहब लड़खड़ाते हुए दरवाजे की ओर बढ़े और गिर पड़े। मैं थोड़ा हिचकिचाया पर यही मौका था। किसी अन्तःप्रेरणा से मैंने वहीं राय साहब को दबोच लिया और जबरदस्ती सोफे पर बैठा दिया। वे आंखें बंद किये पस्त से सोफे पर पड़े रहे और रह रह कर मुझे गाली देते हुए बड़बड़ाते रहे-'मुझे तुम्हारी कोई मदद नहीं चाहिये।'

मुझे लग रहा था की जो भी रूहानी या किसी और तरह की ताक़त राय साहब को अपने चंगुल में लिए हुई थी अचानक एक्टिव हो गई थी। लाख रुपये

का सवाल था की क्यों ? क्या उसे इस बाबत कुछ लिखे जाने से या इसके प्रचार से बच कर रहना था ? या ऐसा अचानक ही हो गया था। अगर उसकी कोई छोटी कमजोरी भी मेरे हाथ आ रही थी तो मेरी जीत की शुरुआत हो रही थी।

एक नज़र राय साहब की ओर डालते हुए मुझे लगा कि अंतिम वजह चाहे जो भी हो अभी एक बार इनका मेडिकल चेक अप होना ही चाहिए। मेरे फोन करने पर कुछ देर में डॉक्टर भी आ गये और उन्होंने हर संभव चेक अप कर लिया। जैसा कि अनुमान था कहीं कुछ नहीं निकला। डॉक्टर ने सीडेटिव की सलाह दी पर मैंने इंकार कर दिया। राय साहब आंखें बंद किए लगातार बड़बड़ा रहे थे-'मुझे जाने दो नहीं तो तुम्हारी खटिया खड़ी कर दूंगा। छोड़ूंगा नहीं। मुझे तुम्हारे जैसे हरामी की कोई मदद नहीं चाहिये।'

डॉक्टर को विदा करने के बाद मैंने राय साहब के चेहरे पर फ्रिज के ठंडे पानी के छींटे मार कर उन्हें चैतन्य करने की कोशिश की और जब उनकी आंखें खुलीं तो मैंने उनमें कड़ाई से देखते हुए कहा-'छोड़ दो इन्हें। छोड़ दो और अपने स्थान को लौट जाओ।'

मेरे बोलने का अन्दाज वही था जैसा प्रेत भगाने वालों का होता है। भले ही राय साहब ने कहा था की वे प्रेत भागने वाले बाबाओं की शरण में हो आये हैं और कुछ भी नहीं मिला पर इन बाबाओं का बहुत भरोसा तो होता नहीं। ऐसे मामलों में पहला अंदाजा तो एक्जोर्सिज्म का ही होता है यानी किसी प्रेत द्वारा शिकार के शरीर पर क़ब्ज़ा। उसे छुड़ाने के लिए कांस्टेंटीन बनने के अलावा दूसरा कोई चारा नज़र नहीं आता है।

लेकिन राय साहब हंसने लगे-'मुझे क्या समझ रहे हो पिद्दी। मैं कोई भटकी हुई आत्मा हूं क्या ?'

मैं समझ गया कि जिसने भी राय साहब पर कब्जा किया हुआ है वही बोल रहा है। मैंने कड़क कर कहा-'तुम जो भी हो, इन्हें छोड़ कर चले जाओ।'

'नहीं जाता। इसकी तो जान लेकर ही जाऊंगा।'

'तुम ऐसा कुछ नहीं कर पाओगे।'

'क्यों नहीं कर पाऊंगा ? कौन रोकेगा ? तुम ?'

'इसलिये नहीं कर पाओगे कि तुम सबसे बड़े कायर और डरपोक हो। तुममें

कोई दम नहीं है। तुम तो जनानियों से भी गये गुजरे हो। चूड़ी बिन्दी करके घर बैठो। किसी की जान लेना तुम्हारे जैसे चूहे के बस की बात नहीं है।' मैंने उसे उकसाने की कोशिश की।

लेकिन वह उत्तेजित नहीं हुआ। राय साहब का चेहरा शान्त ही रहा और अब वे बड़बड़ाना छोड़ कर चुपचाप मेरी ओर देख रहे थे।

अचानक मैं जोर से चिल्लाया-'हरामजादे, जूते खाने के डर से कब तक बिल में घुसा रहेगा। दम है तो अपना नाम पता बता दे। अब तो तेरे वजूद का पता चल गया है तो मैं खोज ही लूंगा। फिर तेरा क्या होगा ? नरक की आग से भी बड़ी आग में तिल तिल करके जलने का मजा लेना है तो मेरे दोस्त का कुछ कर के दिखा।' चिल्लाते हुए पता नहीं क्यों मैंने राय साहब को एक जोरदार थप्पड़ जड़ दिया। वे सोफे से नीचे गिर पड़े।

मैंने उन्हें उठाया। वे गाल सहलाते चुपचाप मेरी ओर देखते अपने बल पर उठे और सोफे पर बैठ कर अपनी ओरिजिनल आवाज में बोले-'क्या हो गया था? मैं सोफे से नीचे कैसे गिर गया ?'

'कुछ नहीं राय साहब। देखिये, आपकी कॉफी ज्यों की त्यों रखी है। पहले तो आप इसका मजा लीजिये फिर कुछ करते हैं।' मैंने बहुत कोमल स्वर में कहा।

राय साहब ठण्डी हो चली कॉफी को बड़े मन से पीने लगे। मैं अपने इस अजीबोगरीब व्यवहार के बारे में सोचने लगा जो पता नहीं क्यों और कहां से मेरे भीतर उतर आया था। जो भी हुआ अपने आप हुआ। मेरा अपना कोई सोच विचार इसमें नहीं था। फिर मेरा ध्यान राय साहब के भीतर आये शख्स की ओर गया। वह अचानक क्यों आया। क्या वह इन बातों की पब्लिसिटी नहीं चाहता है। क्यों ? कुछ भी हो एक तुक्का निशाने पर बैठा लग रहा था। अपनी नौकरी के दौरान मेरा यह पक्का अनुभव था कि हर तरह का अपराधी कोई न कोई गलती जरुर करता है जिसके कारण पकड़ा जाता है। जरुरत उसको उस गलती के लिये उकसाने भर की होती है। शायद यह उस शक्ति की गलती ही थी जो उसने मेरे हाथ में अपने खिलाफ एक शस्त्र दे दिया था। इतमिनान से मैंने भी अपनी बची खुची कॉफी खत्म की और राय साहब की ओर देखा।

'क्या आप इस सिलसिले में अपने जीवन की ऐसी मोटी मोटी असामान्य घटनाओं को तरतीबवार लिख सकते हैं जो इस गूंज की वजह से हुई हों?' मैंने लैपटॉप की ओर इशारा किया।

एकबारगी उनका चेहरा सख्त हुआ पर कुछ ही देर में सामान्य होकर वे लैपटॉप के करीब पहुंचते हुए बोले-'मैं कोशिश करता हूं।'

मुझे कुछ इतमिनान होने लगा कि जो शक्ति राय साहब के भीतर एक्टिव होकर उन्हें परेशान कर रही है, वह कुछ तो कंट्रोल में है। दूसरे यह, कि वह बिलकुल नहीं चाहती कि राय साहब इस बारे में कुछ लिखें। इसीलिये जब राय साहब ने लिखना शुरु किया तो मैं अतिरिक्त सतर्कता से उन पर निगाह रख रहा था। मेरी आशंका ठीक ही थी।

दो मिनट में ही उन्होंने लिखना बन्द करके कहा-'मुझे नहीं लगता कि यह सब लिखने की कोई जरुरत है।'

'क्यों? क्या हो गया है?' मैं उठ कर खड़ा हो गया।

'उसने अपना पता बता दिया है।'

'किसने?'

'मैं नहीं जानता।'

थोड़ी देर बाद मेरी समझ में आया कि उस शक्ति ने संवाद का रास्ता खोलने के लिये राय साहब के माध्यम से अपना पता बताया है। आश्चर्य है। क्या ये यहीं कहीं रहने वाले का काम है।

'क्या पता बताया है राय साहब?' मैंने 'राय साहब' पर जोर देते हुए पूछा।

'222, म्योर रोड। लेकिन उसने कहा है कि हम तुरन्त उसके पास अकेले पहुंचें तभी वह मिलेगा वरना नहीं।'

मुझे याद आया यह पुराना रिहाइशी इलाका था जहां पुराने बंगले टाइप के बड़े बड़े घर थे। घर से भी बड़ी बंगले के चारो ओर छोड़ी हुई जमीन थी। नब्बे के दशक में जब नजूल की ऐसी जमीनों पर सरकार ने सीलिंग लागू करने का निर्णय लिया तब यहां के धनाढ्य वर्ग डॉक्टर, वकील और हाई कोर्ट के जजों ने तीन पांच करके ये जमीनें हथिया लीं। इस पते पर भी शायद ऐसे ही बंगलों में एक बंगला था जो आज मूल स्वामियों के मर खप जाने के बाद उनके वंशजों में

बंटवारे की आपसी लड़ाई के कारण न तो बिक ही पा रहा था और न ही उनका रखरखाव हो पा रहा था। इसलिये इनका स्टेटस प्राकृतिक रुप से उगे झाड़ झंखाड़ के बीच, जगह जगह से टूटे गिराऊ मकान जैसा था।

राय साहब खाली खाली निगाहों से मेरी ओर देख रहे थे। मैं सोच रहा था कि जिस मामले को मैं मजाक समझ कर इतने हल्के में ले रहा था वास्तव में वह कितना पेचीदा था। राय साहब से कोई बात करना ठीक नहीं था क्योंकि यह बातचीत सीधी उस शक्ति तक पहुंच रही थी। अभी तक तो मेरी समझ में नहीं आया था कि वह क्या बला है इसलिये उसे एक शक्ति मानने के अलावा और कोई चारा नहीं था। शक्ति भी क्या, जो एक पुराने भुतहा घर में रहती थी। कहीं वह कोई हाण्टेड हाउस तो नहीं था? एक बार सर झटक कर मैंने फालतू के ख्यालों को निकाल बाहर किया। चूंकि उसकी शर्त के मुताबिक अकेले और तुरन्त जाना था इसलिये मैंने अपने एक बहुत करीबी वकील दोस्त को फोन लगा कर उसे संक्षेप में स्थिति बताते हुए उसके साथ मोबाइल में लाइव लोकेशन व वॉइस प्रसारण सेट किया जिससे जिस अनजानी परिस्थिति का सामना करने हम जा रहे थे वहां हमारे लिये कुछ सुरक्षा रहती। उसे मैंने पता भी बता दिया जहां जाने के लिये हमें कहा गया था। सोचने विचारने का समय बीत गया था। अब एक्शन का समय था। काम पर लगने का समय था।

आधे घण्टे में ही हम लोग इस पते पर पहुंच गये जहां हाई कोर्ट के एक बहुत ही नामी धनाढ्य एडवोकेट के नाम का बोर्ड लगा हुआ था। इसके पहले कि मैं इतने नामी गिरामी वकील के ऐसे धंधे मे होने पर आश्चर्य कर पाता, गेट के बगल में थोड़ी दूर पर लगे एक पेड़ के नीचे से एक सेल्समैन सा लगने वाला आदमी अपनी स्कूटी से गाड़ी के पास आकर बोला-'आप मेरे साथ आइये।'

'तुम कौन हो?' मैंने सख्ती से पूछा।

'आप आइये तो। मुझे आपको सही जगह पर ले जाने के लिये भेजा गया है।'

मैंने राय साहब की ओर देखा। उनके स्वीकृतिसूचक सिर हिलाने पर मैंने अपनी गाड़ी उस आदमी की स्कूटी के पीछे लगायी। थर्ड क्लास की थ्रिलर मूवी की तरह की गयी इस ऊटपटांग व्यवस्था पर मुझे हंसी ही आयी क्योंकि आज की टेक्नोलॉजी में ये सब थ्रिल पूरी तरह आउटडेटेड था।

रास्ते में राय साहब ने कई बार जानने की कोशिश की कि उनके साथ क्या हो गया था और हम अब क्या करने वाले थे पर हर बार मैंने अपने होठों पर उंगली रख कर उन्हें चुप रहने का इशारा किया क्योंकि उनसे कुछ बोलने का सीधा मतलब था उन्हें कंट्रोल करने वाली शक्ति तक सूचना पहले ही पहुंच जाती। स्कूटी वाला वहां से करीब एक किलोमीटर दूर लगभग इसी तरह के एक बंगले के पास हमें छोड़ कर चला गया।

जगह लगभग वैसी ही थी जैसा मेरा अन्दाजा था। इसके भूतिया होने की संभावना से इंकार नहीं किया जा सकता था। इस के मेन गेट पर कोई नेम प्लेट नहीं थी। फिर भी इसकी फोटो लेकर मैंने अपने वकील दोस्त को भेज दिया। अन्दर के झाड़ झंखाड़ को पार करके बंगले के बरामदे तक पहुंचते पहुंचते सड़क की ओर से जो इक्का दुक्का गाड़ियों के चलने की आवाज आ रही थी वह भी बन्द हो गयी थी। बरामदे में दो बहुत पुराने स्टाइल की कुर्सियां रखी थीं जो पूरी तरह धूल धूसरित थीं। काले रंग के मकड़ी के जाले लटक रहे थे। रैमजे ब्रदर्स की भूतिया फिल्मों की शूटिंग के लिये यह बहुत आइडियल जगह थी। राय साहब एकदम ब्लैंक हो गये थे। शायद चुप रहने के मेरे इशारे को फॉलो करते हुए उन्होंने इस जगह के बारे में कोई कमेंट तक नहीं किया।

मैंने काफी बड़े आबनूसी लकड़ी वाले गंदे से दरवाजे के बगल में पुराने एकाध जगह से उखड़े स्विचबोर्ड पर लगे कॉल बेल का बटन दबाया। किसी घण्टी की आवाज बाहर सुनाई नहीं पड़ी। दो मिनट बाद मैं दुबारा घण्टी बजाने के लिये हाथ बढ़ा ही रहा था कि गर गर की आवाज करते दरवाजा खुलने लगा और उसके पीछे नमूदार होने वाली शख्सियत को देख कर लग ही नहीं सकता था कि वह इस उजड़े चमन की वासी थी। ऐसे वीराने भूतिया सी जगह पर आप सोच ही नहीं सकते कि हाण्टेड हाउस से कोई परी भी निकल सकती है, या फिर डायन भी हो सकती है। लेकिन उसकी निर्दोष आंखें और प्यारी सी खूबसूरत मुस्कराहट पहले आप्शन की ओर ही संकेत कर रही थीं। मैं अभी इस झटके से उबर ही नहीं पाया था और सोच रहा था कि इसे क्या बताऊं कि मैं यहां क्यों और किससे मिलने आया हूं कि उसने मुस्कराते हुए एक ओर हट कर हमें भीतर आने का इशारा किया और खुद एक लहर की तरह भीतर की ओर तैर गयी।

अन्दर से घर इतना उजड़ा नहीं था जितना बाहर से लग रहा था। बढ़िया

प्लास्टर और पेण्ट, सुरुचिपूर्ण सजावट और कीमती सोफासेट बैठक को एक एलीट लुक दे रहे थे। एक कोने में साइड टेबिल पर एक खूबसूरत लाल रंग का लैण्डलाइन फोन रखा हुआ था जो उसके बगल में ही करीने से रखे गये एक भारी गुलदस्ते के फूलों से मैच करते हुए उसकी सुन्दरता में चार चांद लगा रहा था। आरामदेह सोफे पर बैठते हुए भी मेरे मन में, अचानक ही प्रकट हो गयी उस परी का वजूद, उसकी खुशबू, उसकी चाल, भारी हलचल मचा रहे थे। मैंने अपना मोबाइल निकाला। शायद वह परी फिर दिख जाये और मुझे उसका फोटो लेने का मौका मिल जाये तो मैं इतमिनान से देख सकता हूं कि आखिर उसमें ऐसा क्या जलवा था जो पहली नजर में ही होश उड़ाने वाला हो गया था। पहले मैंने राय साहब की ओर देखा जो उस से बहुत प्रभावित नहीं लग रहे थे। जिसके सर पर मौत की तलवार लटक रही हो वह हो भी कैसे सकता है। फिर मेरा ध्यान लैण्डलाइन फोन की ओर गया। आज के जमाने में लैण्डलाइन कौन यूज करता है? उस फोन की असलियत जानने के लिये मैंने उस पर अपने वकील दोस्त का नम्बर डायल किया और थोड़ी हां, हूं के बाद वापस रख दिया। इस भूतिया सी अजीबोगरीब जगह पर सेफ तो मैं भी नहीं महसूस कर रहा था लेकिन क्या है जिन्दगी? यही कुछ झटका देने वाले पल होते हैं जो याद रह जाते हैं। मेरी निगाह उस दरवाजे पर ही टिकी हुई थी जिससे वह अन्दर गयी थी। लेकिन इस बार जब उसका परदा हटा तो एक अधेड़, पर भव्य से दिखने वाले शख्स ने अन्दर प्रवेश किया जो कीमती कुर्ता पैजामा पहने हुए था और कन्धे पर लाल रंग का दुशाला था। उसने मुस्कराते हुए हाथ जोड़े । हम भी औपचारिकतावश हाथ जोड़ कर खड़े हो गये।

'मैं आप लोगों का स्वागत करता हूं और बहुत बहुत माफी भी चाहता हूं।' उसने सामने के सोफे पर बैठते हुए कहा ।

'माफी क्यों?' राय साहब ने पहली बार मुंह खोला ।

'माफी आपके इन दोस्त से जिन्हें अकारण ही मैंने गालियां सुनाई और बाद में उसकी कई गुना गालियां सुनीं भी। लेकिन पहल तो मेरी ही थी ।'

'आप जैसे भव्य व्यक्तित्व वाले ऐसा कैसे कर सकते हैं?' राय साहब ने अविश्वास से कहा ।

'हो जाता है राय, जब आपके अपने स्वार्थ की पूर्ति में बाधा आने लगती है

तो क्रोध आता है। क्रोध आता है तो गलत व्यवहार होने लगता है। लगता है कि मैं अगले को डरा धमका कर अपनी बाधा हटा सकता हूं।'

राय साहब को तो इन बातों से आश्चर्य होना स्वाभाविक ही था क्योंकि उन्हें वह घटनायें याद ही नहीं थीं जब उनके दिमाग पर इस व्यक्ति ने कब्जा कर लिया था पर मैं उनसे भी ज्यादा आश्चर्य में था। मुझे अभी तक विश्वास ही नहीं हो रहा था कि कोई आदमी इस तरह से किसी पर कब्जा कर लेगा और इतने शान्त भाव से यह किस्सा सुनायेगा मानों यह उसके सामने घटित हुआ हो। भगवान! क्या है यह सब?

यही मेरे मुंह से निकला-'क्या है यह सब?'

'मैं सब बताऊंगा। पर क्या हम पहले थोड़ा रिलैक्स हो सकते हैं?' उसने मेरी आंखों में देखने की कोशिश की जिसे मैं बचा गया। मुझे पूरा डर था कि यह हिप्नोसिस के जरिये मुझे भी अपने बस में करने की कोशिश कर सकता है।

वह समझ गया। बोला-'डरिये मत। मुझे हिप्नोसिस वगैरह नहीं आती है। मैं तो यही पूछ रहा था कि क्या आप लोग कुछ चाय वगैरह लेना पसंद करेंगे?'

'बिलकुल नहीं। जिस माहौल में हम मिल रहे हैं उसमें तो बिलकुल भी नहीं। हमें एक दूसरे पर कोई विश्वास नहीं है। बेहतर होगा कि आप बतायें कि यह सब क्या गोरखधंधा है?'

'ठीक है। मैं समझ सकता हूं।' कह कर वह चुपचाप राय साहब की ओर देखता रहा। काफी देर बाद उसने निगाह उठाई और मेरी ओर देख कर बोला-'यह केवल चांस की बात है कि हम इस तरह की विपरीत परिस्थितियों में मिल रहे हैं पर सच यही है कि मैं भी आप लोगों की तरह ही एक सामान्य इन्सान हूं।

'सामान्य इन्सान?' मैंने व्यंगपूर्ण ढंग से कहा।

'हां सर। एकदम सामान्य इन्सान। यहां मेरे भी दोस्त हैं। मेरी सर्किल है। मेरा परिवार है।'

'उन्हें आपकी इन घिनौनी हरकतों के बारे में पता है क्या?'

'कौन सी घिनौनी हरकतें? वह भी एक चांस की बात थी कि आपसे मेरा पहला सामना गाली गलौज के माहौल में हुआ। ऐसा न होता तो हम एक अच्छे दोस्त की तरह भी मिल सकते थे।'

'और तब आपका यह राज छिपा रहता। अन्दर ही अन्दर आप अपना यह सब कार्यक्रम चलाते रहते।'

'मैं आपको कैसे समझाऊं? मेरे पास छिपाने के लिये कोई राज नहीं हैं।'

इस बार बिना डरे मैंने उस बेहया आदमी को घूर कर देखते हुए कहा- 'किसी जीते जागते आदमी को उसकी मर्जी के खिलाफ फिजूल के कामों में लगाना, उस के दिमाग को कंट्रोल में रखना और उसे बता कर कि उसकी मौत आ गयी है, उससे पूछना कि वह किस ढंग से मरना चाहता है, यह सब राज नहीं है? यह सब भारतीय दण्ड संहिता के तहत अपराध है महाराज, और आपको इसकी सजा भुगतनी पड़ सकती है।'

'केवल पूछना कि आदमी किस ढंग से मरना पसन्द करता है, कोई क्राइम नहीं है सर। मैंने आज तक कोई क्राइम न तो किया है और न ही करवाया है। आप पूछ लीजिये राय से। क्या क्राइम करवाया है मैंने इससे?'

'तब किसी के दिमाग पर कंट्रोल रखने की जरूरत ही क्या है? क्यों कर रहे हैं आप ऐसा?' मैंने गुस्से से पूछा।

'मैं किसी के भी दिमाग पर कंट्रोल नहीं रख रहा हूं।'

'सफेद झूठ। मैं गवाह हूं। मैं देख चुका हूं कि आदमी ऐसी दशा में किस लासदी से गुजरता है। जब आप उससे मेरे लिये गालियां निकलवा रहे थे और उसे वहां से बाहर निकालने की कोशिश कर रहे थे तब मैंने उसकी तकलीफ देखी थी। यह सब सीधे सीधे नकार कर आप क्या साबित करना चाह रहे हैं?'

वह कुछ देर सर झुका कर बैठा रहा। फिर राय साहब की ओर देखता रहा। अन्त में मेरी ओर देख कर बोला- 'मैं कोई क्रिमिनल नहीं हूं। मैं एक लेखक हूं। कहानियां बनाता हूं। राय मेरी कहानी के एक पात्र हैं। इनके साथ जो कुछ भी हुआ वह मेरी कहानी का हिस्सा है।'

'एकदम झूठ। कब तक इन फैन्सी बातों से बहलाते रहेंगे? कौन विश्वास करेगा कि यह कहानी है? कहानियां मैं भी पढ़ता हूं, लिखता भी हूं। मैं भी लेखक हूं पर ऐसी ऊटपटांग बातें तो नहीं बनाता।'

'यह तो बहुत ही अच्छी बात है सर। आप लेखक हैं तो आपको यह सब समझाना मेरे लिये आसान होगा। प्रार्थना करता हूं कि एक बार, कम से कम

एक बार मेरे प्रति अपने मन से दुर्भावना निकाल कर मेरी बात सुन भर लीजिये। आपका जो भी निर्णय हो, मेरी भी बात सुनने के बाद हो, तभी तो न्याय होगा।'

मैंने गौर से उसकी ओर देखा फिर राय साहब को देखा। राय साहब कुछ न समझ पाने की स्थिति में चुप थे। मैं काफी तनाव में था। खुद को रिलैक्स करने के लिये पूरे कमरे और सीलिंग तक नजर दौड़ाई। आखिरकार नजर भीतर जाने वाले दरवाजे के परदे पर ठहर गयी। वही खुशबू फिर महसूस होने लगी। वह परदे के पीछे थी। जरुर ही थी।

हमारे मेजबान ने मेरी नजरों का पीछा करते हुए आवाज दी-'अभी हमारे मेहमान कुछ नहीं लेंगे बेटा। फिर बताते हैं।'

'जी।' परदे के पीछे से घण्टियां सी बजीं। लेकिन आवाज में कुछ रोष जैसा महसूस हुआ।

'अगर तुम अकेले बोर हो रही हो तो यहीं आ कर बैठो।' मेजबान ने कहा।

मेरे मन में तेजी से लड्डू फूटे लेकिन परदा हिल कर रह गया। उसके पीछे से कोई परी प्रकट नहीं हुई।

मैंने मेजबान की ओर देखा-'बताइये आप क्या कह रहे हैं।'

उन्होंने दुशाला कन्धे पर व्यवस्थित करते हुए कहा-'मैं आप से कहानी की विधाओं के बारे में बात करना चाहता था।'

'करिये।' मैंने बोर होते हुए कहा। यह समय कहानी की चर्चा का तो नहीं ही था जबकि एक प्यारी सी कविता घर के पता नहीं किस अनजान कोने में मौजूद थी। कविता पर ही चर्चा कर लेते तो भी ठीक था।

मेजबान ने बात शुरु की-'आप जानते ही हैं सर, कि हम लोगों के दादा परदादाओं के जमाने में कहानी केवल शब्दों में ही लिखी और पढ़ी जाती थी। गिनी चुनी पत्रिकाएं थीं और कुछ ही लोग अपनी किताबें छपवा पाते थे। फिर भी कहानी थी और अच्छी खासी थी। पढ़े लिखे लोगों में वह लोकप्रिय भी थी।'

'हां। फिर?'

'फिर आया रेडियो और ट्रांजिस्टरों का दौर। आकाशवाणी की लोकप्रि-यता का दौर। फिल्मी संगीत के साथ साथ आकाशवाणी पर कहानियां और कवितायें भी पढ़ी जाने लगीं। 'हवामहल' जैसे प्रोग्रामों के साथ विशेष रेडियो

प्रसारण के लिये कहानियां और नाटक लिखे और प्रसारित किये जाने लगे। इससे यह लाभ हुआ कि जो लोग भी साहित्य में रुचि रखते थे वे घर बैठे ही उसका आनन्द ले सकते थे। दूसरा लाभ यह था कि जो पढ़े लिखे नहीं थे वे भी इनका उतना ही आनन्द ले सकते थे।'

मैंने अपने मेजबान की ओर देखते हुए कहा-'सच है। संचार माध्यम ही तो साहित्य की हर विधा की जान होते हैं।'

'फिर हमारे देखते ही देखते आया वो विशाल आडियो विसुअल माध्यम जिसके विकास ने साहित्य के रुप को ही बदल दिया। पहले थोड़ा धीरे धीरे और बाद में तूफान की तरह इसने कहानी की कला को अपनी ग्रिप में ले लिया। बच्चे से बूढ़े तक अब कहानी को पढ़ना नहीं बल्कि देखना चाहते थे। यह आसान था। खूबसूरत कलाकारों की अदायगी, संगीत, ऐसी जगहों के सुन्दरता के साथ फिल्माए गये दृश्य जिन्हें हम अपने जीवन में शायद ही कभी देख पाते आदि ऐसी चीजें थीं जिसने कहानी को तो हाशिये पर ढकेल दिया और टेक्नोलॉजी छा गयी।'

'एकदम सच कह रहे हैं आप। आप का विश्लेषण लाजवाब है। वर्तमान दौर यही है। लेखक की तो कोई पूछ नहीं है। चाहे जितनी भी सड़ी गली लचर कहानी हो, अगर अच्छे से फिल्मा ली जाये तो हिट है।' अब मेरी भी दिलचस्पी जाग उठी थी।

'वर्तमान दौर यही है पर........' उसने थोड़ा रुक कर कहा-'अब लोग इससे भी बोर होने लगे हैं। उन्हें कुछ नया चाहिये।'

'और नया क्या हो सकता है?'

'कहानी का नया फॉर्मेट, मेटावर्स में वर्चुअल रियलिटी और आगमेंटेड रियलिटी द्वारा गढ़ी गयी वास्तविक लगने वाली कहानियां। थ्री डाइमेंशनल कहानियां जिन्हें आप पढ़ने, सुनने या देखने से कहीं बहुत आगे जा कर उन्हें महसूस कर सकते हैं। उन्हें जी सकते हैं।'

एकबारगी तो सब कुछ मेरे सर के ऊपर से गुजरता हुआ लगा। फिर याद आया कि फेसबुक के बारे में कहीं सुना था कि अब यह मेटावर्स में जाने वाला है जहां थ्री डाइमेंशनल दुनियां होगी। सब कुछ वास्तविकता की तरह दिखेगा।

इसके पहले भी वी०आर० हेडसेट पर थ्री डाइमेंशनल वीडियो देखे थे और उनसे बहुत रोमांचित भी था। सिनेमा हाल में थ्री डी फिल्में भी स्पेशल चश्मा लगा कर देखी थीं। यह सच भी था, वह इतना वास्तविक सा लगता था कि कई बार फिल्म के पात्रों द्वारा फेंके गये हथियार एकदम अपने बगल से गुजरते लगते थे और कभी कभी उनसे बचने के लिये हम झटके से अपना सर हटाने लगते थे। फिल्मों का यह प्रेजेन्टेशन अच्छा तो बहुत लगता था। मेरे देखे तो यह कहानी कहने के लिये टेक्नोलॉजी के प्रयोग का चरम रुप था। लेकिन मेटावर्स में कहानी? एकदम नयी बात थी।

'मेटावर्स में कैसे? ये मेटावर्स असल में है क्या?'

'मेटावर्स एक आभासी दुनियां है जिसमें आप जा सकते हैं लेकिन अपने शरीर के साथ नहीं। आपको अपना एक डिजिटल रुप बनाना पड़ता है जो आपकी 360 डिग्री की स्कैनिंग करके होलोग्राम के माध्यम से एक अवतार के रुप में होता है।'

'अवतार?' मैं हैरान था।

'आपके डिजिटल रुप को ही आपका अवतार कहा जाता है। इसका मतलब है आप इस दुनियां की अपनी पहचान को, अगर चाहें तो कुछ परिवर्तनों के साथ या फिर ज्यों का त्यों उस दुनियां में उतार रहे हैं। अभी गूगल की स्टा-रलाइन और डे ड्रीम वी०आर० इसे अधिक से अधिक नेचुरल बनाने के प्रयोग कर रहे हैं। फेसबुक तो मेटा हो ही रहा है। कुछ ही समय में आप मेटावर्स में अपने असली रुप में भी जाने में सक्षम हो जायेंगे।'

'और वहां जा कर करेंगे क्या? क्या यह डिजिटल गेम खेलने के लिये है? जैसा 'रा-वन' फिल्म में था।'

'नहीं सर। मेटावर्स में आप बहुत कुछ कर सकते हैं। आप घर बैठे अमेरिका घूम सकते हैं और वह भी फिल्म देखने की तरह नहीं बल्कि पूरे वा-स्तविक अनुभव के साथ, जैसे आप स्वयं सशरीर वहां घूम रहे हों। आप कोई सेमिनार या क्लास अटेन्ड कर सकते हैं। आप अपने मृत पुरखों या साथियों से बात कर सकते हैं। आप क्रिप्टो करेंसी का इस्तेमाल करके वहां सम्पत्ति खरीद सकते हैं। लेकिन यह सब कुछ डिजिटल दुनियां में ही होगा, सच में नहीं। फिर

भी बहुत एक्साइटिंग है।'

'बस बस, भाई, मेरा सिर चकराने लगा है। आप तो ये बताइये कि क्या यह दुनियां सच में है या केवल कल्पना ही है।

'सच में है सर, और लगातार विकसित हो रही है। अभी जो दुनियां कुछ एलीट क्लास के लोगों तक सीमित है, अगले कुछ सालों में तो लगभग सभी लोगों की पहुंच में आ जायेगी।'

'और इसमें कहानी का क्या रोल होगा?'

'कहानियों की जरुरत तो हर जगह होती है। यह तो मानव मात्र की अन्तः-प्रेरित आवश्यकता है। किसी न किसी रुप में कहानी हर व्यक्ति के जीवन का अनिवार्य हिस्सा होती है। मेटावर्स में हम ही तो हैं। कहानियां भी हैं।'

'कैसे? कैसे हो सकता है?'

'होता है। हुआ है। हम लोगों ने मेटावर्स में कहानियां डालने का काम शुरु किया था लेकिन अभी यह डिजिटल दुनियां अपने विकास की प्रारंभिक अवस्था में है और केवल गिने चुने लोगों की ही इस तक पहुंच है इसलिये यह ज्यादा चल नहीं पाया। आप जानते ही हैं कि यह बहुत मंहगा मामला है और न चल पाने की स्थिति में आप का दीवाला निकल जाता है।'

'हम लोगों ने? इसका मतलब आपकी पूरी टीम है।'

'हां। जाहिर है। इस तरह के काम आप अकेले नहीं कर सकते। कई तरह के एक्सपर्टाइज की जरुरत पड़ती है। फाइनेंस की जरुरत होती है।'

'आप की कम्पनी है?'

'हां।'

'रजिस्टर्ड है?'

'हां। और मेम्बरशिप के लिये हमने आपसे सम्पर्क भी किया था। हम सभी कहानीकारों को एक मंच पर लाना चाहते हैं। आपने स्वीकार नहीं किया था।'

'मुझे याद नहीं। कब की बात है?'

'सर, ऐसा हो नहीं सकता कि आप हमारी कम्पनी को न जानते हों। शहर भर में 16 जगहों पर हमारी होर्डिंग लगी है। आये दिन अखबारों में विज्ञापन

आते हैं। हमारी कम्पनी 'कहानी से आगे' आज बहत्तर हजार की मेम्बरशिप वाली कम्पनी है।'

'माई गॉड। 'कहानी से आगे' आपकी कम्पनी है। हां, याद आ गया। मुझे लगा था कि वर्चुअल वर्ल्ड वगैरह केवल पब्लिक को बेवकूफ बनाने के लिये प्रचार है।'

उसने बुरा मानने जैसे कोई लक्षण नहीं दिखाये। सहज ही आगे बोला- 'हम अपने लोगों के बीच एक भविष्य की दुनियां बनाने की कोशिश कर रहे हैं। आने वाली नयी टेक्नोलॉजी जन मानस में जल्दी स्वीकार नहीं होती। हमारी कोशिश यही थी कि दुनियां से पहले ही हम अपने देश में एक बहुत ही एक्साइ- टिंग और अनोखी मेटावर्स की कहानी की दुनियां का विकास कर लें जिसे दुनियां हमसे खरीदे। हमें इसके लिये दूसरे देशों का मुंह न देखना पड़े। इसीलिये यह प्रचार वगैरह है। पहले अपने ही यहां हम इसका यूजर बेस बढ़ाना चाहते हैं।'

'बहुत ही अच्छे विचार हैं आप लोगों के। और कौन कौन है आपके साथ?'

'अलग अलग देशों के लोग हैं जो अपने अपने यहां बैठे बैठे काम कर रहे हैं। जरुरत पड़ने पर मेटावर्स वाली मीटिंग हो जाती है।'

'अब आप लोग कहानियों को किस रुप में प्रस्तुत कर रहे हैं?'

'सर।' उसने कुछ सोचते हुए कहा-'पहले चरण में हमने अपने सदस्यों के बीच कई अलग अलग होलोग्राफिक वीडियो इमेज का प्रोजेक्शन कर के उनके अजीबोगरीब व्यवहार द्वारा कहानियां बनायीं लेकिन वास्तविक और वर्चुअल दुनियां में तालमेल नहीं बैठ पाया। फिर हमारे एक साथी ने ब्रेन स्टीमुलेटिंग नैनो चिप का अविष्कार किया। इस चिप द्वारा हम किसी व्यक्ति को कहानी के एक पात्र में बदल सकते थे।'

'किसी व्यक्ति को? जीते जागते व्यक्तियों को? कैसे?'

'पहले हम उस शख्स की तलाश करते हैं जो पात्र बनने के लिये तैयार हो। एक तरह की कांट्रैक्ट वाली नौकरी है जिसमें सेलेरी बहुत अच्छी है। उसे बता देते हैं कि कहानी की जरुरत के हिसाब से उसे कुछ हट कर कुछ अजीबोगरीब से काम करने पड़ सकते हैं। फिर हम उसके साथ एक कांट्रैक्ट साइन करते हैं। आखिर में उसकी वेगस नर्व के एक खास स्थान पर माइक्रो सर्जरी द्वारा यह चिप

प्लान्ट कर दी जाती है। बस खेल शुरु हो जाता है। कहने का मतलब है कि उसकी कहानी शुरु हो जाती है।'

'और यह कहानी आगे कैसे बढ़ती है? आपके सदस्यों तक कैसे पहुंचती है?'

'सर, अब वह व्यक्ति इस नैनो चिप और हमारे एक सॉफ़्टवेयर से कंट्रोल होता है। इसी सॉफ़्टवेयर से लिंक किया हुआ गूगल ग्लास की तरह का एक चश्मा हम अपने सभी सदस्यों को देते हैं। सदस्य जब भी चश्मा लगायेगा वह कहानी के पात्रों को देख सकेगा। उनकी आवाज सुन सकेगा। अगर वह अपने पात्र को किसी चैलेंज में डालना चाहेगा तो हमें मेसेज भेजेगा। हम अपने सॉ-फ़्टवेयर की सहायता से उसे उस चैलेंज में उतरने का कमाण्ड भेज सकते हैं।'

'चैलेंज मतलब क्या?' अब मुझे फिर हैरानी होने लगी थी और इस सारे सिलसिले में गंदगी नजर आने लगी थी। फिर भी मैं पूरी बात जान लेना चाहता था। कम से कम उतनी तो जरुर ही, जितना बताने को यह शख्स तैयार हो।

'मसलन हम कह सकते हैं कि वह बगल में खड़ी लाल सूट वाली लड़की को छेड़ दे। छेड़ने की घटना के बाद हम सिचुएशन से पूरी तरह अलग हो जाते हैं। कोई कमाण्ड या सुझाव नहीं देते। हमारे सदस्य वहां पैदा हुई हलचलों का मजा लेते हैं। इसी तरह कहानी आगे बढ़ती रहती है।'

'अगर आपका पात्र किसी वजह से आपका कमाण्ड न माने तो क्या? मेरा मतलब है कुछ लोगों की इच्छा शक्ति ज्यादा मजबूत होती है।'

'हम कमाण्ड की इंटेंसिटी बढ़ा सकते हैं। पात्र के मुंह से खुद बोल सकते हैं। उसकी भावनाओं को कंट्रोल कर सकते हैं।'

'जैसा आपने राय साहब के साथ किया। इनके मुंह से खुद बोले।'

उसने मेरी ओर मुस्करा कर देखा पर बोला कुछ भी नहीं।

अब मुझे इस तरह की वास्तविक कही जाने वाली कहानी से घृणा होने लगी थी। यह तो साफ साफ क्राइम था। कैसे आप किसी इन्सान की जिन्दगी से इस तरह का खिलवाड़ कर सकते हैं यह अमानवीय था।

फिर भी स्वयं पर जब्त करते हुए मैंने पूछा-'यह सब तो हमारी वास्तविक दुनियां की बात हुई। इसमें मेटावर्स कहां से आ गया?'

'सर, मैंने कहानी के अलग अलग संचार माध्यमों के इतिहास के साथ मेटावर्स की भी बात इसलिये की थी कि इस मुकाम तक पहुंचने के लिये हमने शुरुआत वहीं से की थी। वैसे हमारी ये कहानियां वहां भी इसी तरह चलती हैं। हमारा कोई सदस्य अगर वहां है तो वह पात्र को हमारे माध्यम से काल कर सकता है। पात्र की पूरी प्रोफाइल हम मेटावर्स में पहले ही डाल देते हैं। वहां भी यही सब कुछ हो सकता है। हम कुछ चीजें बिगाड़ सकते हैं। कुछ चीजें बना भी सकते हैं। यह सदस्यों की इच्छा पर निर्भर है। सही कहें तो यह सदस्यों का पात्र के साथ गेम है जो उन्हें अथाह एक्साइटमेंट देता है।'

मैंने पूछा-'सदस्य चाहें तो आप पात्र को मार भी सकते हैं?'

इस बार वह मुझे कुछ देर कड़ी निगाहों से घूरता रहा फिर आंख नीची करके बोला-'नहीं। यह हमारे कॉन्ट्रैक्ट में पहले से तय होता है कि हम कोई भी अवैध या अनैतिक काम नहीं करेंगे। किसी की जान लेना या उसे चोट पहुंचाना हमारे लिये संभव नहीं है।'

'तो राय साहब को क्यों कहा गया कि इन्हें मरना है? यह खुद सोच कर बता दें कि किस तरह मरना चाहते हैं।'

'यह हमारे एक प्रीमियम सदस्य के आग्रह पर किया गया था। वास्तव में मरने मारने जैसी कोई बात नहीं थी। हम तो इस बिन्दु पर इनकी प्रतिक्रिया का आनन्द लेना चाहते थे।'

'अब मैं आपको बताऊं कि आपका कहानी चलाने का यह तरीका अमा- नवीय तो है ही, साथ साथ यह भारतीय दण्ड संहिता की धारा 415, 367 और 302 के तहत जुर्म भी है। मैं नहीं जानता कि आपके कितने पात्र इस अमानवीय खेल का हिस्सा हैं पर आपको जान गया हूं। आप से ही यह खेल बन्द हो सकता है। मैं आपको सलाह दूंगा कि आप तत्काल इस अमानवीय खेल को बन्द कर दें।' मैंने उसे धमकाते हुए ठण्डे टोन में कहा।

इतनी आक्रामक बात के जवाब में वह इतमिनान से ही बोला-'इसमें अमानवीयता क्या है सर? नौकरी है। हर तरह की नौकरियों में बंदिशें लगायी जाती हैं। आप को अपने कितने भी आवश्यक निजी काम छोड़ कर कम्पनी के काम से बाहर जाना ही पड़ता है। आपको सामान्य रुप से भी लड़की छेड़ने जैसी

स्थितियों का सामना भी करना होता है और आये दिन कोई न कोई माफिया या नेता आपकी जान लेने की धमकी देता ही रहता है। क्या अवैधानिक है इसमें? जो भी पात्र हैं वे अपनी सहमति से और कांट्रैक्ट साइन करके ही इस जॉब में आते हैं। हमारी फर्म रजिस्टर्ड है। हर चीज ओपेन है। आप द्वारा बतायी गयी कोई भी धारा मुझ पर लागू नहीं होती।'

मुझे पता था। आई0पी0सी0 की धाराओं का जिक्र तो मैंने केवल ब्लफ मार कर डराने के लिहाज से किया था। लेकिन कहीं तो कुछ गलत जरुर था। मैंने कहा-'ठीक है। मैं मान लेता हूं कि आपकी एक्टिविटी अवैध नहीं है लेकिन अमानवीय है। ह्यूमन प्राइवेसी का उल्लंघन तो जरुर ही है।'

'कैसी प्राइवेसी की बात कर रहे हैं सर? कहां है प्राइवेसी? आपकी हर एक्टिविटी, फोटो, वीडियो हर जगह है। आप के घर में क्या ग्रोसरी आती है, बैंक के ट्रांजैक्शन क्या हैं, आप क्या करते हैं, क्या प्राइवेट है? सड़क सड़क पर कैमरे लगे हैं। जिन दुकानों में आप जाते हैं वहां के कैमरों में भी आप रिकॉर्ड हो जाते हैं। फेसबुक और गूगल के युग में आप प्राइवेसी की बात कर रहे हैं। मेरे पात्रों की तरह आप भी तो छेड़े जाते हैं। आप ट्विटर पर ट्रोल होते हैं। फेसबुक पर कोई आपकी पोस्ट पर एडवर्स कमेंट कर देता है तो आप गुस्से में कूदने लगते हैं। यह सब क्या है? आप भी तो मेरे एक पात्र की तरह ही हैं। क्या गलत हो रहा है जिसे हम बन्द कर दें। आप हमारे सदस्यों से उनका आनन्द छीनना चाहते हैं।'

'मैं अभी भी नहीं समझ पाया कि इस तरह से किसी मनुष्य के जीवन से खिलवाड़ करके क्या आनन्द मिलता है?'

'वही आनन्द मिलता है जिसकी वजह से आप सड़क पर लड़ते लोगों को देखने के लिये अपना जरुरी काम छोड़ कर भी रुक जाते हैं। जो आनन्द आप स्थानीय कुश्तियां या डब्लू0डब्लू0एफ0 की फाइट देख कर प्राप्त करते हैं। जो आप एक्शन फिल्में देख कर लेते हैं। हमारे सदस्यों के पास थोड़ा ज्यादा एक्सा-इटमेंट है। वे इन चीजों को कुछ हद तक कंट्रोल भी कर सकते हैं।'

'अच्छी बात है। मैं आपके काम का कन्सेप्ट समझ गया। अब जरा वास्त-विकता पर भी आइये। जब आप अपने हर पात्र के साथ कांट्रैक्ट साइन करते हैं तो राय साहब को आपके बारे में पहले से क्यों नहीं मालूम था? क्या इनसे

कांट्रैक्ट नहीं किया गया था?' कहते हुए मैंने राय साहब की ओर देखा लेकिन वे तो कहीं शून्य में खोए हुए थे। मैं जान गया कि इस आदमी ने उन्हें अपने कमाण्ड द्वारा पहले ही निष्क्रिय कर दिया है। इसकी दुनियां से जूझने के लिये मैं यहां अकेला ही हूं।

उसने सीधे मेरी आंखों में देखते हुए कहा-'ये सारे लीगल डाक्यूमेंटेशन, सदस्य बनाने और पालों की भर्ती का काम वीरेश लॉ एसोशियेट्स द्वारा किये जाते हैं। आप उन्हें जानते ही होंगे। कभी उधर से गुजरना हो तो आप इनको देख सकते हैं। राय का कांट्रैक्ट पेपर भी उन्हीं के पास होगा।'

मेरे दिमाग में बड़ी जोर जोर से खतरे की घण्टियां बजनी शुरु हो गयी थीं। वीरेश तो मेरे वकील दोस्त का नाम था और यहां इस नाम की कोई लॉ फर्म नहीं थी। अब जल्दी से जल्दी यहां से निकलने में ही भलाई थी।

वह मुस्करा रहा था पर वह मुस्कराहट किसी हॉरर फिल्म के उस प्रेत जैसी थी जो शिकार को पूरी तरह अपने कब्जे में करने के बाद मुस्करा रहा हो।

बिना कोई डर दिखाये मैंने सहज भाव से कहा-'ठीक है। हम जाते हैं। मैं राय साहब के पेपर्स इस लॉ फर्म में देख लूंगा। चलिये राय साहब।' कहते हुए मैं उठ खड़ा हुआ।

राय साहब पूर्ववत शून्य में ही देखते रहे। वे हिले तक नहीं। हमारे मेजबान ने भी उठने जैसी कोई चेष्टा नहीं की बल्कि वह सोफे से पीठ लगा कर पैर पर पैर चढ़ा कर और आराम से बैठ गया। पहले तो मैंने राय साहब को पकड़ कर उठाने की कोशिश की पर नाकाम रहने पर अकेले ही बाहर जाने वाले दरवाजे तक पहुंच कर उसे खोलना चाहा। वह बाहर से बन्द था।

उसने बड़े ही कोमल स्वर में कहा-'बैठ जाइये सर। जिस दोस्त के लिये आप बिना कुछ सोचे समझे अकेले यहां तक चले आये उसे इस हालत में छोड़ कर कैसे जा सकते हैं? इसे ठीक हो जाने दीजिये। फिर साथ चले जाइयेगा।'

'मैं इन्हें छोड़ कर नहीं जा रहा हूं। इन्हें ले जाने के लिये बाहर से कुछ मदद लाने का विचार था क्योंकि देख रहा हूं कि आप तो मदद करना चाहते ही नहीं।' मैंने दरवाजे पर खड़े खड़े ही कहा।

'क्यों नहीं करूंगा? आप थोड़ा बैठिये तो। मेरा नसीब है कि आप मेरे यहां

पधारे। कुछ खातिर तवाजो का मौका भी तो दीजिये। अगर अब आप को कुछ भरोसा आ गया हो तो मैं चाय वगैरह का इन्तजाम करुं। क्या लेंगे सर?'

अपनी जगह से हिले बिना ही मैंने कहा-'यह सब लफ्फाजियां छोड़ कर आप ये दरवाजा खुलवाइये। आप किसी को इस तरह जबरदस्ती रोक नहीं सकते।'

'तौबा, तौबा, आप तो दिल तोड़ने वाली बात कर रहे हैं सर। मेरी क्या औकात जो मैं आप जैसे शख्स को जबरदस्ती रोक सकूं। अपनी परम्पराओं के विपरीत बिना किसी आतिथ्य के आपको जाने दूं तो दुनियां मेरे ऊपर थूकेगी। आप एक गिलास पानी ही पी लीजिये। मैं खुद आपको अपनी गाड़ी से आपकी गाड़ी तक छोड़ कर आऊंगा।'

'क्या मतलब है? मेरी गाड़ी यहां गेट पर नहीं खड़ी है?'

'सर, यहां सड़क पर खड़ी गाड़ियां सेफ नहीं हैं इसलिये उसकी सुरक्षा के लिये मेरे गार्ड उसको मल्टीस्टोरी पार्किंग में खड़ा कर आये हैं। आप बिलकुल भी चिन्ता मत कीजियेगा। आप चाहेंगे तो उसे यहीं मंगा दिया जायेगा।'

मैं हथियार डाल देने की मुद्रा में धीरे धीरे वापस आकर सोफे पर बैठ गया और सीधे उसकी तरफ देखते हुए बोला-'देखिये, जो कुछ भी नाम है आपका, मि0 मॉडर्न लेखक, आप की नीयत ठीक तो नहीं लग रही है। मेरा जो कुछ भी आपको करना है, वह अवैध और जबरदस्ती ही होगा। जब यह करना ही था तो इतना टाइम बरबाद करके इतने हाइ फाइ किस्से सुनाने की क्या जरुरत थी?'

'मेरा यकीन कीजिये, मैं आपका कोई नुकसान नहीं करना चाहता। किस्सा सुनाने के पीछे दो कारण हैं। एक तो यह कि मेरे इतनी मेहनत और इन्टेलिजेन्स से किये गये मेरे इस एक्स्ट्रा ऑर्डिनरी काम की क्रैडिट कोई मुझको देता ही नहीं क्योंकि कोई मुझे जानता ही नहीं है। मैं तो हमेशा परदे के पीछे ही छिप कर रहता हूं। आज मौका था कि मैं अपनी भी हांक सकूं। सच कहता हूं बहुत सालों के बाद आज डींगें हांकने का मजा मिला। अन्दर तक आत्मा तृप्त हो गयी।'

'और दूसरा कारण?'

'दूसरा कारण व्यवसायिक है। सुन कर शायद आपको अच्छा नहीं लगेगा। मैं इस पूरी बातचीत को विज्ञापन के तौर पर प्रयोग करने वाला हूं। हमारी बातें रिकॉर्ड हो चुकी हैं। इसका अन्तिम हिस्सा एडिट करना है जिसमें मैं अपने

कम्प्यूटर की मदद से ठीक आपकी ही आवाज की मिमिक्री कराते हुए यह डालूंगा कि हमारे काम से प्रभावित होकर आप जैसी जानी मानी हस्ती भी इस सिस्टम में पात्र होने के लिये तैयार हो गयी।'

'पात्र होने के लिये?' मैं आतंकित हो कर बोला-'मैं क्यों पात्र बनूंगा? मुझे तो इस सिस्टम से दिली नफरत है।'

'वो तो बनाना ही पड़ेगा सर। मेरे पास और क्या चारा है?'

मैंने खुद को नियंत्रित करते हुए कहा-'जब आप कुछ अवैध या अमानवीय कर ही नहीं रहे हैं तो आपको मुझसे या किसी से भी डर क्या है? क्यों जबरदस्ती मुझे पात्र बनाना है?'

'यह तो सच है सर, कि इस समय हम जो भी कर रहे हैं उसे कहीं किसी भी अदालत में गलत नहीं साबित किया जा सकता। लेकिन जब आपने राय से उसकी आपबीती लिखने को कहा तो मुझे इसके पोटेंशियल खतरे नजर आये। एक तो हम पात्र को देखने और उसकी आवाज सुनने के बावजूद भी उसकी लिखी हुई चीज को देख नहीं पाते हैं। सॉफ्टवेयर में पात्र द्वारा लिखा हुआ पढ़ने की प्रोग्रामिंग डालने की कोई जरुरत ही नहीं महसूस हुई थी। हमें पता नहीं कि वह क्या लिख रहा है। लेकिन जो भी लिख रहा है वह हमारे खिलाफ एवीडेंस हो सकता है।'

उसने मेरी ओर देखा मानो हुंकारी भरने की अपेक्षा कर रहा हो फिर आगे बोला-'अब अगर किसी बिन्दु पर हमारी जांच शुरु हो जाती है तो भले ही हम जो कर रहे हैं वह गलत नहीं साबित हो सकता पर इतने बड़े सिस्टम को डेवलप करने में कहीं न कहीं कुछ तो अवैध हो ही जाता है। करना ही पड़ता है। सारे ही बिजनेसों में यही हाल है सर। चाहे जहां जांच कर लीजिये कुछ न कुछ पकड़ में आ ही जाता है। अब यही बंगला ले लीजिये। हमारे काम के लिये बाहर से उजाड़ यह जगह बहुत ही सूटेबिल थी पर इसके ओनर इसे बेच ही नहीं रहे थे। लाचार हमें इस पर कब्जा करने के लिये जबरदस्ती करनी पड़ी। हम किसी भी ऐजेन्सी द्वारा अपनी जांच अफोर्ड नहीं कर सकते हैं। आपने हमें इसी मुकाम पर ला कर खड़ा कर दिया। हमारे पास और क्या ऑप्शन बचता है सर?'

'आपने इसके ओनर को मार दिया।'

'अरे तौबा सर। हम खूनी नहीं हैं। मर्डर जैसा अपराध करने की हमारी हिम्मत नहीं है। यह अलग बात है कि कभी कभी कोई पात्र हमारे कमाण्ड और अपनी विल पावर के बीच होने वाले संघर्ष का मेन्टल प्रेशर न झेल पाने के कारण मानसिक रुप से बीमार हो जाता है या मर भी जाता है। लेकिन हम खूनी नहीं हैं।'

'क्या किया ओनर का?'

'वो पूरा परिवार ही हमारे पात्र हैं। हमारे साथ यहीं रहते हैं। लड़की को तो आपने अभी देखा ही है सर। बहुत ही होनहार है।'

एक तेज गुस्से की लहर मेरे भीतर दौड़ गयी।

'आप परेशान न हों सर। उसके अन्दर ऐसा कोई खास अट्रैक्शन नहीं है जैसा आपको महसूस हुआ। मैंने इस समय दरवाजा खोलने के लिये गयी लड़की के पात्र की रचना करते समय उसमें भारी अट्रैक्शन इस लिये डाल दिया था कि आप सम्मोहित हो जायें और मेरे लिये स्थिति को हैण्डिल करना आसान रहे।'

मैं धीरे धीरे इस सारी अविश्वसनीय स्थिति को हजम करने की कोशिश कर रहा था। इन बातों से एकदम स्पष्ट था कि उसने पूरी तैयारी पहले से ही कर रखी थी। उसकी बातें नाटक भर थीं। मुझे पता नहीं क्यों राय साहब पर बहुत तेज क्रोध आया। मैं जान रहा था कि वे इस शख्स की कमाण्ड के प्रभाव में थे लेकिन फिर भी मैंने उनके पास पहुंच कर चिल्ला कर कहा-'राय, उठ जाओ। यह समय सोने का नहीं है। इस नामुराद आदमी के चंगुल से बाहर निकलो। उठ जाओ वरना तुम्हारा भुरकुस निकाल कर रख दूंगा। उठो।' जोर से चिल्लाते हुए मैंने एक जोरदार थप्पड़ राय साहब को लगाया।

कुछ देर तो वह ये सब देखता रहा फिर बोला-'क्या फायदा? राय को तो मैंने पहले ही निष्क्रिय पात्र बना रखा है। कुछ ही देर में आप भी हमारे एक जीवन्त पात्र होंगे।'

इस बार मैंने बिना किसी डर या हिचकिचाहट के उसे घूरते हुए कहा-'ध्यान से सुनो मिस्टर, जो कुछ भी तुम्हारा नाम है, पात्र तो मैं पहले से ही हूं, पात्र तो तुम भी हो और हम लोग मिल कर वह कहानी खेल रहे हैं जो ऊपर वाले की लिखी हुई है। तुम्हारे पात्रों की तरह ही तुम्हें भी नहीं पता कि उसने तुम्हारे लिये क्या नियति तय की है और मुझे भी नहीं पता। चलने देते हैं उसकी बड़ी

कहानी को......और देखते हैं।' मैं पूरी तरह स्थिर था।

उसने किसी को आवाज दी और दो मजबूत से दिखते आदमी कमरे में आ गये।

'सर को ऑपरेशन रुम में ले चलो।' उसने सौम्यता से कहा।

'इसके पहले मेरी एक बात सुन लो।' मैंने दोनों आदमियों को रोकते हुए उससे कहा-'हमारी सारी बातें लाइव टेलीकास्ट पर पुलिस स्टेशन में रिकॉर्ड हो रही हैं। तुमने अभी अभी अपने जुर्मों का जो इकबाल किया है वह भी। अगर मेरे साथ कुछ हुआ तो तुम सीधे फंसोगे।'

उसने बहुत ही शान्ति से कहा-'आप अपने मोबाइल की बात कर रहे हैं सर? इस घर के इतने हाइ फाइ टेकजोन में आते ही मोबाइल फोन अपने आप ही निष्क्रिय हो जाते हैं। वे कुछ नहीं कर सकते।'

घबराहट में मैंने अपना मोबाइल निकाल कर देखा। वह ऑफ था।

इसके पहले कि दोनों पहलवान मुझे पकड़ते भीतर से लड़की की आवाज आयी-'बाहर पुलिस आ गयी है। ढेर सारी पुलिस। वे अन्दर आ रहे हैं।'

'पुलिस? कैसे?' अब तक दिख रहे उसके शान्त चेहरे पर हवाइयां उड़ने लगीं। वह दोनों पहलवानों पर चिल्लाया-'ओनर्स को बाहर ले जोओ। उनसे पुलिस को हैण्डल करवाओ। मैं कमाण्ड जारी कर रहा हूं।'

वे दोनों दौड़ते हुए घर के भीतर चले गये। मौके का फायदा उठाते हुए मैं उस पर झपटने ही वाला था कि उसने एक गन निकाल कर उसका रुख मेरी ओर कर दिया-'चुपचाप वहीं बैठ जाइये।' फिर वह कमाण्ड जारी करने के लिये अपने मोबाइल जैसे गजट को मुंह के पास लाकर धीरे धीरे कुछ बोलने लगा।

मैं विवश सा सोच रहा था कि मैं अपने ऊपर गन फायर का रिस्क ले सकता हूं या नहीं। अगर फायर की आवाज हुई तो बाहर पुलिस चौकन्नी हो सकती थी नहीं तो बंगले के ओनर पुलिस को समझा बुझा कर वापस भी कर सकते थे। मेरे लिये अचानक यहां पुलिस का आना गॉड गिफ्ट ही था और मेरे बचने का अन्तिम मौका। पर मेरे लिये यह भारी रिस्क था। मैंने सोचा कि क्या यह रिस्क पात्र बना दिये जाने से बड़ा था? नहीं। बिलकुल नहीं। इस गलीज आदमी के सिस्टम में पात्र बन कर जीने से अच्छा तो मर जाने का रिस्क लेना ही था।

'अभी नहीं या कभी नहीं' के मंत्र के साथ मैं सर उठा कर उस पर झपटने ही वाला था कि 'थड़ाक' की तेज आवाज के साथ मैंने उसे आगे की ओर सोफे से नीचे गिरते देखा। उसके पीछे राय साहब भारी वाला गुलदस्ता अपने दोनों हाथों में थामे खड़े थे और नीचे गिरे हमारे मेजबान के टूटे हुए सिर से खून की एक धारा लगातार बहना शुरु करके कीमती कालीन को गीला कर रही थी।

* * *

वीरेश ने बताया-'इस लोकेशन की फोटो भेजने के बाद आपका मोबाइल अचानक ऑफ हो जाने की वजह से मैं चिन्तित हो रहा था पर कुछ देर बाद ही आपकी कॉल किसी लैण्डलाइन नम्बर से आ गयी। आपने फोन काटा पर वह ठीक ढंग से क्रैडिल पर रखा नहीं होने के कारण कटा नहीं। उसी से काफी देर तक मैं यहां की बातचीत सुनता और रिकॉर्ड करता रहा। फिर पुलिस की मदद से इस लैण्डलाइन फोन की लोकेशन ट्रेस करने की कोशिश की जो गलत निकली। आपकी भेजी हुई फोटो काम आ गयी क्योंकि उस पर स्नैप के लोकेशन का फीचर ऑन था। फिर हम आनन फानन में यहां पहुंच गये।'

मैंने ऊपर आसमान की ओर देख कर अपने बनाने वाले को धन्यवाद दिया जिसने मुझसे लैण्डलाइन वाला फोन ठीक ढंग से न रखने की गलती करायी।

'हम जल्दी में सर्च वारंट नहीं ले पाये थे और यहां पर लोग हमें अन्दर जाने नहीं दे रहे थे। बंगले का मालिक बार बार कह रहा था कि अन्दर कोई नहीं है। अभी हमारी बहस चल ही रही थी कि आप लोग बाहर निकल आये।'

'बस हम लोग बच ही गये वीरेश। यह आदमी बहुत ही शातिर है। टेक्नो-लॉजी में तो बहुत आगे है ही, इसकी पूरी बॉडी लैंग्वेज, बातचीत का स्टाइल, सब शातिर अपराधियों की तरह है। कहां ले गये उसे?'

'अभी तो फिलहाल पुलिस हॉस्पिटल में है। उसके अलावा चार और लोग भी हिरासत में हैं। उनसे पूछताछ चल रही है और जगह जगह पर छापे डाले जा रहे हैं। असली मास्टरमाइण्ड के होश में आने पर ही पूरे रैकेट का पता चल पायेगा। बंगले के मालिक पति पत्नी और उनकी लड़की को फिलहाल छोड़ा हुआ है पर उन पर भी नजर रखी जा रही है।

फिर कुछ सोचते हुए उसने पूछा-'मेरी समझ में एक बात नहीं आयी। राय

साहब को अचानक होश कैसे आ गया? ये उसके कमाण्ड से मुक्त कैसे हो गये?'

मैंने बताया-'एक बार घर पर भी ऐसा हो गया था कि उसने अपने कमाण्ड से इन्हें अपने चंगुल में ले लिया था और इनके माध्यम से मुझे गाली दे रहा था। गुस्से में मैं राय साहब पर चिल्लाया और उन्हें एक झापड़ भी लगाया था। इस पर वह मुक्त होकर होश में आ गये थे। यही प्रयोग मैंने यहां पर भी किया था। था तो तुक्का ही पर काम कर गया। राय साहब होश में आ गये और हालात समझने की कोशिश करने लगे। वह पुलिस के आने की बात सुन कर बौखला गया था और मुझ पर गन तान कर बंगले के ओनर को कमाण्ड देने में व्यस्त था। राय साहब को मौका मिल गया।'

'यह सब कितना अविश्वसनीय सा लगता है। कमाण्ड, पात्र, कहानी? किसी को बताइये तो कतई विश्वास नहीं करेगा। अब उसके पात्रों का क्या होगा? क्या उनसे नैनो चिप्स निकाली जायेगी?'

'ऐसा करने की जरुरत लगती तो नहीं है। सॉफ़्टवेयर और उसे चलाने वाले खत्म हो जायेंगे तो शरीर कुछ समय बाद इस चिप को अवांछित मान कर खुद ही बाहर निकाल देगा।'

राय साहब ने हाथ जोड़ कर कहा-'अन्त भला तो सब भला। आपकी वजह से मेरे सहित बहुत बहुत लोग इस दुष्चक्र से मुक्त हो गये। भगवान आपको लम्बी उम्र दे और आपका जज्बा ऐसा ही बनाये रखे।'

* * *

किस्सा कहानी

आज गुप्ता जी के पांव जमीन पर नहीं थे। वे आनन्द की ऐसी उड़ान भर रहे थे जो खूबसूरत आसमानों, परिन्दों और बादलों से गुजरती हुई उनके पूरे वजूद को हौले हौले गुदगुदा रही थी और उनमें इतनी रुमानियत भर रही थी कि वे एक अनजाने से नशे की स्थिति में आ गये थे। एक दिव्य सी खुशबू आस्तित्व में भर गयी थी और एक खुशनुमा सी गुनगुनाहट उनके रोम रोम से फूट रही थी। आज बहुत दिनों के बाद उन्हें लग रहा था कि वे भी कुछ हैं। वे पुरुष हैं। उनका भी अपना अलग आस्तित्व है। उनकी जिन्दगी का भी कोई मायने है। उन्हें अपना कद अचानक ही काफी बड़ा लगने लगा था। जान प्राण सहित उनका पूरे का पूरा आस्तित्व ऐसा तरल हो गया था कि उन्हें परवाह ही नहीं थी कि जान रहे कि न रहे। देख कर लगता था कि इनकी हालत वैसी ही हो गयी है जैसा जवानी में किसी को सच्चा प्रेम होने पर हो जाता है।

वैसे भी वे सज्जन आदमी थे और हम सभी लोग उनके स्वभाव व व्यवहार के ऐसे मुरीद थे कि उनके लिये सीधे दिल में जगह होती थी। उनकी कोई बात टालने या काटने का कोई सवाल ही नहीं होता था क्योंकि वे हमेशा एक खुली किताब रहे। जो अन्दर वही बाहर। एक अनजाना सा अट्रैक्शन उनके भीतर हमेशा महसूस होता था। आज उन्हें इस तरह प्रसन्न देख कर हम सभी प्रसन्न थे पर किसी को मालूम नहीं था कि उनके इस तरह मगन होने का कारण क्या था?

हमारी आज की गैदरिंग पूरी तरह उनकी ही इच्छाओं के अनुरुप, उनकी ही व्यवस्था में हो रही थी। एक वही थे जिनके ऊपर हम लोगों को इतना विश्वास था कि हम लोग मीटिंग के स्वरुप में इस आमूल परिवर्तन के लिये खुशी खुशी तैयार हो गये थे।

मैं अभी लॉन के बाहर अपनी गाड़ी पार्किंग में लगा ही रहा था कि गुप्ताजी हम लोगों से मिलने गेट तक आ गये-'वेलकम, खुशामदीद तिवारी जी। वेलकम भाभी जी। आप लोग तो बहुत समय से आ गये हैं। मैं आप लोगों का इन्तजार बड़ी बेसबरी से कर रहा था।'

मैंने लॉन की मखमली घास, पेड़ों और फूलों को देखते हुए कहा-'आपने

तो माहौल ही बदल दिया है गुप्ता जी। एक बेरंग सी मीटिंग में ऐसे खूबसूरत रंग? आपके ही बस की बात थी।'

गुप्ता जी और कुछ अन्य साथियों के साथ हम अन्दर आये। बहुत ही खूबसूरत लॉन था। नवम्बर का अन्त था। हवा बहुत खुशगवार थी। फूलों ने खिलना शुरु कर दिया था। हवा में तरह तरह के फूलों और घास की खुशबू थी। इस पूरे लॉन में अलग अलग रंग की बीस पचीस के करीब टेबिलों के चारो ओर आरामदेह कुर्सियां लगी हुई थीं। कैटरिंग का काम लॉन मैनेजमेंट वाले ही कर रहे थे जिसकी वजह से वह एकदम परफेक्ट था।

'आपने तो सब को अलग अलग कर दिया गुप्ता जी। अब ये चीफ लोग जबरदस्ती वाले अपने किस्से किसे सुनायेंगे?'

गुप्ता जी केवल मुस्कराये।

नीम के एक बड़े से पेड़ के नीचे आधी छांव और आधी धूप में महिलाओं ने अपना एक अलग ग्रुप बना लिया था। मेरी जाने जहान जीवन के हर कदम पर साथ निभाने का वादा भूल कर कब उस गोल में पहुंच कर सबके गले मिलने लग गयी थीं, मुझे पता ही नहीं चला।

'आप कुछ बदले बदले से लग रहे हैं गुप्ता जी। क्या हुआ?' मैंने महिला ग्रुप से ध्यान हटा कर गुप्ता जी को गौर से देखते हुए पूछा।

'कुछ नहीं।' मुस्कराने की कोशिश करते गुप्ता जी ने कहा।

'कुछ तो है! कुछ अच्छा ही है। मिठाई खिलाने के डर से नहीं बता रहे हैं।' मैंने प्रसिद्ध मजाक वाला जुमला जड़ने की कोशिश की।

'मिठाई तो शाम को इस प्रोग्राम के बाद जरुर ही खिलाऊंगा। अभी जरा और कुछ नजारे तो ले लीजिये।'

मैंने सजी धजी महिलाओं के एक छोटे से समूह को आते देखा जिसकी अगुवाई मिसेज सिंह कर रही थीं। आज उनके चेहरे पर भी एक अनूठी दैवीय चमक दिख रही थी।

मैंने चलताऊ सा कमेंट किया-'सिंह साहब को कहां छोड़ आयीं भाभी जी?'

उन्होंने मुस्कराते हुए कहा-'बस आ ही रहे हैं भाई साहब।'

मैं वापस गुप्ता जी की देख रेख व गाइडेंस में की गयी यहां की खूबसूरत और आरामदेह व्यवस्था पर नजर दौड़ाने लगा।

अभी मैं यहां की खूबसूरती को पूरी तरह निहार ही रहा था कि पीछे से कर्कश सी आवाज आयी-'गुप्ता जी, ये सब क्या रायता फैला दिया है आपने? चीफ लोग आ रहे हैं। उन्हें रिसीव करने वाला कोई है ही नहीं।'

हमने मुड़कर देखा। ये अपने जमाने के खब्ती कहे जाने वाले चीफ थे जो अभी दो साल पहले ही रिटायर हुए थे इसलिये अभी अपने चीफत्व को भूल नहीं पाये थे।

गुप्ताजी ने सहज ही कहा-'आइये सर, वेलकम। बैठिये।'

'कहां बैठ जाऊं? मेरे लिये कौन सी टेबिल है?'

'चाहे जहां बैठिये सर। सब ओपन है।'

'ये क्या बात हुई? चीफों के लिये तो अलग से व्यवस्था करनी चाहिये थी।' वे बिगड़े ही हुए थे।

'अलग से क्यों व्यवस्था करनी है सर? क्या चीफों के कोई सींग या पूंछ होती है जिसे संभालने के लिये विशेष इन्तजाम चाहिये या फिर रिटायर होकर लंगड़े लूले हो गये हैं जो रिसीव करने वाले की जरुरत है?' इस बार मैंने सीधे उनकी ओर देखते हुए लम्बे समय से मन में दबी भड़ास निकाली-'मेडिकली अनफिट लोगों को तो यहां आने की जरुरत भी नहीं है। ये कोई सरकारी मीटिंग थोड़े ही है जहां हाजिरी होती है।'

सीधे अटैक से वे गड़बड़ा गये-'आप कौन हैं?'

'ये तिवारी जी हैं।' गुप्ता जी ने मेरा परिचय देते हुए कहा।

पता नहीं क्या हुआ चीफ साहब चुपचाप एक कोने की टेबिल पर जा कर अकेले बैठ गये।

'कुछ ज्यादा नहीं हो गया? ऐसे ट्रीटमेंट से ये सब आना ही न छोड़ दें?'

'अगर ये सब आना छोड़ दें तो वे लोग आने लगेंगे जो इन लोगों की बदतमीजियों की वजह से नहीं आते हैं गुप्ता जी। जब हम लोगों ने यह सोचा था कि अपनी मीटिंग खुली जगह पर करेंगे तब यही तो भावना थी कि खुली

जगह पर इन लोगों की बेहूदगियां झेलने के लिये सब लोग मजबूर नहीं होंगे। जिन को लगता हो कि इन लोगों की बात सुननी चाहिये वे इनके पास बैठ कर सुनेंगे। जिन को नहीं लगता वे लोग अपनी पसन्द के और काम करने के लिये आजाद होंगे।'

* * *

यह किस्सा हम रिटायर हो चुके लोगों से सम्बन्धित है। हमने तय किया था कि ओल्ड एज का अकेलापन दूर करने और एक दूसरे से रुबरु मिलने के लिये इस जिले में बसे हम सभी रिटायर लोग महीने में कम से कम एक बार मिल कर अपने सुख दुख बांटा करेंगे। आइडिया सभी लोगों को बहुत पसन्द आया और हमने इकट्ठा होना शुरु कर दिया। शुरुआती बैठकें किसी विभागीय सभा भवन या किराये के हॉल में होती थीं। वहां जो लोग बड़े पदों से रिटायर हुए थे उन्होंने इस तरह की सामाजिक गैदरिंग में भी अपनी विशिष्ट स्थिति बनानी शुरु कर दी। वे अलग बैठते और बाकी के छोटे अधिकारियों को अभी भी हेय दृष्टि से देखते और उसी तरह का व्यवहार करते मानों वे अभी भी चीफ हैं। वे लोग हावी होकर जबरदस्ती मीटिंग का संचालन करने लगते थे और एक के बाद एक नमक मिर्च लगे अपनी तारीफें झोंकने वाले पुराने पुराने झूठे किस्से सुनाने में ही मीटिंग का टाइम खा जाते थे। बाकी लोग अपना सुख दुख या कुछ भी शेयर नहीं कर पाते थे और ज़बरदस्ती की वाह वाह करने को मजबूर मूक श्रोता बन कर रह गये थे। इससे गैदरिंग का मूल उद्देश्य ही समाप्त हो रहा था। पता नहीं क्यों ज्यादातर लोगों में चीफों का विरोध करने की हिम्मत भी नहीं थी। शायद विभाग में लम्बे समय तक अनुशासन के नाम पर बिना विरोध उनके अण्डर में काम करते करते उनकी विरोध न करने की आदत पड़ गयी थी। हॉल में होने वाली गैदरिंग में सभी लोग फंसे रहते थे। वहां से उठ कर जायें भी तो जायें कहां? जब इन चीफों के किस्सों को रोकने के सारे प्रयास फेल हो गये तो हममें से कुछ बोल्ड लोगों ने तय किया कि अब यह बैठक किसी खुली जगह में कराई जाय जिससे लोगों को आजादी रहे और पूरी बैठक इनके किस्से सुनने में ही न निकल जाये। आज इस सिलसिले की पहली बैठक थी।

कुछ देर में ही खब्ती चीफ के पास बैठे दो चार और चीफ नजर आने लगे। कुछ लोग उनके पास गये जरुर पर सलाम मारते निकल गये। आज वे एक दूसरे

एक बूढ़ा बर्थ डे

को ही अपने किस्से सुनाने पर मजबूर थे।

'इन चीफों को अलग बैठा देखकर आज आत्मा को बहुत ही ठण्डक मिल रही है।' कहते हुए पाण्डे जी हम लोगों के पास ही बैठ गये।

'अरे अकेले? भाभी जी मैके निकल ली हैं क्या?'

'अब क्या मैके जायेंगी? मां बाप के अपडेट हो जाने के बाद कौन पूछेगा वहां? इनके भाई भाभी तो इनके पहुंचते ही ऐसा नाटक दिखाते हैं कि वहां से भागते ही बनता है। आते ही नीम के नीचे अपना गोल देख कर उधर ही खिंच ली हैं। देख लीजिये।'

अपने आप हम लोगों की निगाह उधर उठ गयी । रंग तो उधर ही नजर आ रहा था। हम लोग तो प्रायः रोक टोक न होने पर भी कुछ देर की बातचीत में ही चुक जाते हैं या विभागीय किस्सों पर उतरने लगते हैं पर इन घराड़ियों के पास जमाने की कितनी बातें रहती हैं जो पूरे दिन फुल एनर्जी में लगातार करने के बाद भी खत्म नहीं होती हैं। मिसेज पाण्डे का स्वागत उस ग्रुप में जोर शोर से हो रहा था। चांव चांव की महीन आवाजें हम तक भी पहुंच रही थीं। ग्रुप में उन सभी की असीम ऊर्जा प्रकट हो रही थी।

'अरे उधर ही खोए रहेंगे तिवारी जी?'

'नहीं, नहीं, ऐसी बात नहीं है। बस देख रहा था कि भाभी जी लेडीज ग्रुप में कितनी पॉपुलर हैं? क्या वेलकम चल रहा है?' मैंने झेंपते हुए कहा।

'देख लीजिये, देख लीजिये। पहली बार तो खुले मन से ये लोग भी यहां आने को तैयार हुई हैं। हॉल वाली गैदरिंग में तो हमीं लोगों को जगह मिलने का टोटा रहता था, इनको क्या बुलाते? भला हो गुप्ता जी का, मीटिंग को वाकई हर अर्थ में रंगीन बनाने के लिये।'

'लेकिन मजा कहां है? ऐसे ही सब लोग अलग अलग ग्रुप बना लेंगे तो फायदा क्या होगा? महिलाओं का ग्रुप, फील्ड अधिकारियों का ग्रुप, असिस्टें-टों का ग्रुप, चीफों का ग्रुप सब अलग अलग बैठ कर गप शप करेंगे और चले जायेंगे।'

'पाण्डे जी। हम लोग ऐसा होने नहीं देंगे। परिवर्तनों में ये सब होता ही है। पहला दिन है। सब लोग चीफों से फ्री हैं। अनुशासन की तलवार से परे आपस

में कहे सुने जाने वाले सुख दुख, गप शप, लड़ाई झगड़े वगैरह बहुत होते हैं जो आदमी अपने सहज साथियों में ही कह पाता है। लेकिन मैनेजमेंट का काम होता है कि इन सब के साथ पूरी गैदरिंग को अपने मूल उद्देश्यों के भी करीब रखे। हम लोग जरुर ही रखेंगे। वैसे भी लंच साथ साथ ही होगा और पार्क के दूसरे छोर पर दिख रहे हॉल में होगा। बफे सिस्टम है। सभी लोगों को इस दौरान साथ का भरपूर मौका होगा।'

'कुछ देर जरा लोगों को खुल कर बात करने देते हैं फिर सबके बीच चलते हैं।' गुप्ता जी ने कहा पर इसकी नौबत ही नहीं आयी।

एक कैटरिंग वाले लड़के ने तेजी से चलते हुए आकर गुप्ता जी को बताया- 'वो उस लाल टेबिल वाले लोग आपको याद कर रहे हैं।'

गुप्ता जी हम लोगों की ओर देख कर मुस्कराये- 'पेशी का टाइम जल्दी ही आ गया। देखता हूं।' कहते हुए वे उठे।

'हम भी आ रहे हैं।' मैं और पाण्डे जी भी साथ हो लिये।

लाल टेबिल ने हम लोगों के सलाम को सिर के खम से हवा में उड़ाते हुए हमें घूर कर देखा- 'ये सब क्या फैला दिया है गुप्ता? यह कोई मीटिंग की जगह है। सूखे पत्ते गिर रहे हैं। धूल उड़ रही है। कोई बातचीत के लिये है ही नहीं। ऐसे होती है मीटिंग?'

'ऐसा दिख तो नहीं रहा है सर। देखिये, पूरा लॉन लोगों से लगभग भर गया है। सारी टेबिलों पर लोग हैं और खूब बातें कर रहे हैं। कैटरिंग से किसी को कोई शिकायत नहीं लग रही है। रही बात पत्तों और धूल की, तो मुझे लगता है कि हम पूरी सर्विस भर इनसे भी खराब पेड़ पौधों, जंगलों के बीच रहे हैं। हमारा तो अभ्यास है सर।' गुप्ता जी ने इतने आत्मविश्वास से कहा कि मेरा ताली बजाने का मन करने लगा।

'ऐसे खुले में फूलों के बीच मेरा एस्थमा बढ़ रहा है।' मोटे वाले चीफ ने जबरदस्ती खांसते हुए कहा।

'मास्क ले लीजिये सर।'

अचानक से खब्ती चीफ बहुत गुस्से में आ गये। चिल्ला कर बोले- 'सवेरे से देख रहा हूं तुममें से किसी में भी कोई तमीज नहीं बची है। अपने सीनियर्स

के साथ कैसे व्यवहार करना चाहिये किसी को भी पता नहीं है या जानबूझ कर बदृतमीजी की जा रही है। ऐसे अपमानजनक माहौल में रहने का मुझे कोई शौक नहीं है। हम लोग जा रहे हैं।' वह हांफने लगे।

इस बार मैंने उन्हें समझाने वाले टोन में कहा-'आप के जाने, रुकने या आगे से यहां आने न आने पर मेरा कोई कमेंट नहीं है। लेकिन अच्छा होगा कि सीनियारिटी की बात न करिये। व्हाट्सएप पर आपके ही फारवर्डेड मेसेज हैं कि जब तक सेवा में थे तब चाहे जीरो वाट के बल्ब रहे हों या हजार वाट के, लेकिन जब सेवा खत्म तो हम सब फ्यूज बल्ब हैं। सब के सब एक बराबर। न कोई चीफ और न कोई गार्ड। सौजन्यवश अगर कोई आपको सम्मान दे देता है तो यह उसकी खूबी है, आपकी नहीं।

वह मुझे खा जाने वाली निगाह से घूर रहे थे-'तुम लोग चाहते हो कि हम सब यहां से चले जायें।'

'हम कतई नहीं चाहते कि आप..........लोग या आपकी निगाह में, एक मामूली से गार्ड के पद से रिटायर हुआ कोई भी व्यक्ति यहां से जाये और ऐसी गैदरिंग में न आये। हममें से कोई यह नहीं चाहता। आगे आपकी अपनी मर्जी। अगर आपको यहां का माहौल सूट नहीं करता तो आपकी मर्जी। आगे की बैठकें भी इसी खुले माहौल में होंगी क्योंकि आप जैसे आठ दस लोगों को छोड़ कर और किसी को हॉल वाला माहौल सूट नहीं करता।' मैंने भी थोड़ा तैश में कहा।

हल्ला सुन कर बहुत से और लोग भी वहां आ गये थे। उनमें कुछ ऐसे भी साथी थे जो खब्ती चीफ को हमारे लिये यह समझाने में लगे थे कि वे हम लोगों की बातों पर ध्यान न दें क्योंकि हम लोग उग्रवादी ग्रुप वाले हैं। बाकी सभी चाहते हैं कि चीफ लोग यहां जरुर रहें। आप लोगों के बिना कैसी मीटिंग? कैसी गैदरिंग? आप नहीं आये तो कोई नहीं आयेगा। उग्रवादी लोग अकेले मीटिंग किया करेंगे।

चीफों और उन्हें समझाने वालों को उनके हाल पर छोड़ कर हम वापस आ कर एक दूसरे ग्रुप के साथ बैठ गये।

'क्या हो गया बॉस?' वहां बैठे लोगों में से एक साथी राठौर जी ने पूछा।

उनके सवाल को नजरअन्दाज करते हुए पाण्डेजी ने मुझसे पूछा-'तिवारी

जी, वैसे तो हममें से अधिकांश लोग इन चीफों को अलग अलग कारणों से पसन्द नहीं करते हैं लेकिन उनके आगे एक्टिंग कर लेते हैं। आप तो इनको बिलकुल ही बर्दाश्त नहीं कर पाते?'

कुछ देर तो मैं उन लोगों की तरफ केवल देखता ही रहा फिर बोला-'मेरी किसी चीफ से कोई अदावत नहीं है। लेकिन इनके व्यवहार में मुझे अंग्रेजों जैसे शोषण की झलक दिखती है। वो बर्दाश्त नहीं होती।'

'अंग्रेजों की?' बड़े आश्चर्य से गुप्ता जी ने पूछा-'अंग्रेज यहां कहां से आ गये?'

राठौर जी ने बगल में थूकते हुए कहा-'अंग्रेज चले गये पर अपनी औलाद छोड़ गये हैं।'

'बिलकुल सही कह रहे हैं राठौर जी। मेरी प्रॉब्लम यही है।'

'भाई साहब जरा तफसील से बताइये।'

'तफसील कुछ नहीं हैं। आप जानते ही हैं कि अंग्रेजों का असल मकसद हमें लूटने का ही था। वे हमारी सामाजिक या आर्थिक व्यवस्था में सुधार करने नहीं आये थे। अगर उनके नाम से कुछ सुधारों की बातें की जाती हैं तो प्रायः वे अतिरंजित होती हैं या उनके किसी खास मकसद को पूरा करती हैं। अपने जंगलों का ही उदाहरण ले लीजिये। द्वितीय विश्वयुद्ध में उन्होंने हमारे साल के जंगलों को अपने वारशिप बनाने के लिये तबाह ही कर दिया था। युद्ध समाप्त होने पर वे इसलिये भारी भरकम फारेस्ट मैनेजमेंट का सिस्टम लाये कि यहां के जंगलों में और पेड़ उगा कर भविष्य के इस्तेमाल के लिये तैयार कर लें। हम लोग उनके गुण गाते रहते हैं कि 'ब्रैण्डिस' भारतीय फॉरेस्ट्री का पिता है। इसी तरह एजूकेशन सिस्टम...'

'हां। हां। भाई, हम पूरी तरह मानते हैं कि अंग्रेजों ने जो किया अपने ही स्वार्थपूर्ति के लिये किया। उनके द्वारा हमारे शोषण की बात स्थपित ही है।' पाण्डेजी ने मेरे लम्बे प्रवाह को विराम दिया।

'पाण्डे जी! क्या आप यह भी जानते हैं कि उन्होंने आई0सी0एस0 सेवा का गठन करके भारतीयों को भी इसमें मौका दिया। इसमें चुने गये भारतीयों को उन्होंने इंग्लैण्ड में ट्रेनिंग दिला कर ठीक अपने जैसा बनाने की कोशिश की।

लुटेरे और शोषक।'

'हां। मैंने सुना है। सुभाष चंद्र बोस भी आई0सी0एस0 हो गये थे पर उसे छोड़ कर स्वतंत्रता संग्राम में कूद पड़े। हम तो समझते थे कि वे भारतीयों को भी प्रशासन में हिस्सा देकर एक अच्छा काम कर रहे हैं।'

'असल में उन्होंने अपने पिट्टू पैदा किये जो अपने रहन सहन और भारतीयों से व्यवहार में अंग्रेजों की नकल करते थे। अंग्रेजों से भी ज्यादा शोषक और अत्याचारी थे।'

'फिर?'

'फिर अन्ततः अंग्रेज तो चले गये लेकिन उनके पिट्टू रह गये। आजादी के बाद इस सेवा का नाम बदल कर आई0ए0एस0 कर दिया गया पर सारा का सारा सिस्टम वही रहा। अपने को जबरदस्ती समाज का ऊपरी तबका मानने वाले ये लोग अंग्रेज बन गये और यहां की जनता भारतीय। लूट और शोषण का खुला खेल आजाद भारत में भी निर्बाध रुप से चलता रहा और अभी भी चल रहा है। इनके हाथ में पावर थी, इसलिये हर प्रचार माध्यम इनके ही पक्ष में तथ्यों को तोड़ता मरोड़ता रहा।'

'लेकिन हमारा राजनैतिक सिस्टम क्या कर रहा था? अगर ऐसा ही था तो सरकार इन पर रोक लगा सकती थी?'

'भाई, सरकार तो एक एब्स्ट्रैक्ट कनसेप्ट है। सरकार बनाने का सिस्टम चाहे जो हो पर एक बार बन जाने के बाद इसका व्यक्तिकरण हो ही जाता है। हम कह सकते हैं कि यह मंत्रियों से बनती है। मंत्रियों ने इन पर लगाम क्यों नहीं लगायी, इसके कई कारण हैं। एक तो ये कि यह व्यवस्था मंत्रियों को सूट करती है क्योंकि उनका अपना लूट का अलग ऐजेण्डा है। लूटने वाले सिस्टम में आने के तरीके भले ही अलग है पर जनता को लूटने में दोनों ही वर्ग साथ साथ काम करते हैं।'

'और जनता चुपचाप लुटती रहती है? डिस्गस्टिंग!'

'चुपचाप लुटती ही नहीं रहती है वह इन लुटेरों को अपने हीरो, या कहें तो देवताओं के रुप में देखती है। आपने सुना ही होगा ऐसे लोगों का गुणगान पचास गांवों तक गाया जाता है कि फलाने गांव के चौधरी का लड़का आई0ए0एस0

या विधायक, मंत्री होकर राजधानी में बहुत ही बड़ा बंगला बनवाया है और उसके बच्चे तो विलायत में पढ़ते हैं। फलाने के तीन बड़े शहरों में घर हैं। फलाने तो लंदन घर बना लिये हैं। कहां से बना लिये लंदन में घर? यह कोई नहीं कहता कि फलाना तो बहुत भारी लुटेरा है। जनता को लूट कर ऐश कर रहा है।'

'आपकी बात मैं कुछ कुछ समझ रहा हूं लेकिन ये चीफ इसमें कहां से फिट होते हैं?'

'ये तो छुटभइये हैं राठौर जी। आई0ए0एस0 नहीं बन पाये तो जहां ही घुसे वहीं फार्मूला लागू करने की कोशिश करने लगे।'

'लेकिन सर, सभी तो ऐसे नहीं होते हैं। बहुत से चीफों को मैं जानता हूं जो अपने कर्तव्यों के प्रति समर्पित हैं और लुटेरे भी नहीं हैं।'

'सच है। मैं भी जानता हूं। पर अभी हम चीफ के नाम से जिस वर्ग की बात कर रहे हैं वह चाहे जिस लेविल पर भर्ती हुए लोगों का हो, लूट के लिये अंग्रेजों से ही प्रेरित है। जो ऐसा नहीं है उसका तो वर्ग ही अलग है। वह हममें ही है। वह भी इन लुटेरों से उतना ही नाराज होगा।'

'लेकिन काफी लोग तो इनमें से भी सफल लुटेरे साबित हुए हैं।'

'होंगे ही। हमारी मानसिकता ऐसी ही है। हमें लुटने में सुख मिलता है। हम परम सिद्ध लोग हैं। कबीरदास ने क्या कहा था-कबिरा आप ठगाइये और न ठगिये कोय। आप ठगे सुख उपजे और ठगे दुख होय।'

राठौर जी हंसने लगे।

'यहीं देख लीजिये। हम लोग तो इन्हीं लोगों के रोने गाने पर सब को चीफों से बचाने के लिये ही गैदरिंग का नेचर बदलने के लिये मेहनत कर रहे हैं। उधर बीसों लोग चीफों के पास बैठे फिर फिर वही कहानियां सुन कर उन्हें मक्खन मार रहे हैं। अब ऐसा क्यों कर रहे हैं मुझे तो नहीं समझ में आता। उधर ये चीफ भी अपनी तारीफ में केवल विभागीय किस्से ही छांटते हैं। कोई यह किस्सा नहीं सुनाता कि जब उसकी बीवी ड्राइवर के साथ भाग गयी थी तब वे उसे कैसे वापस लाये।'

सभी लोग हंसने लगे। पाण्डे जी ने कहा-'हम सभी समझ रहे हैं कि आपका इशारा किसकी ओर है पर जाने दीजिये। कौन अपनी कमियों के किस्से

सुनाता है? लेकिन ओवरआल आपकी बात सच है। लोगों की मानसिकता ही ऐसी हो गयी है।'

'आप कह रहे हैं न, कि मैं इनको बर्दाश्त नहीं कर पाता। जिस दिन सब लोग इन्हें बर्दाश्त करना बन्द कर देंगे और लुटेरों को लुटेरों के रुप में ही देखेंगे, अपने हीरो के रुप में ही नहीं, उसी दिन से हमारी दुनियां बदलने लगेगी।'

'कौन दुनियां बदलना ही चाहता है तिवारी जी? सब कन्सेप्ट भर है। सब लोग अपने अपने दुखों की गठरी पीठ पर लादे मगन हैं। अन्तिम न्याय का काम ऊपर वाले पर है। लोग जानते हैं कि सब यहीं रह जायेगा। कितना भी लूट लो सब रहेगा यहीं। साथ कुछ नहीं ले जा पायेंगे। यही वजह है कि कभी हम मुगलों से लुटते हैं, कभी अंग्रेजों से ओर कभी अपने ही लोगों से। यही परम संतोष है जो हमें आदिकाल से बदलने नहीं दे रहा है।' परम ज्ञान की बातें सिन्हा जी के मुखारविन्द से अवतरित हुईं।

पता नहीं क्या हुआ कि चीफों वाली लाल टेबिल से काफी श्रोता अचानक उठ कर चले गये। खब्ती चीफ भी तैश में उठ कर महिलाओं वाले गोल में आकर अपनी पत्नी से बोले-'चलिये यहां से। यहां रुकने लायक नहीं रह गया है।'

उनकी पत्नी ने बैठे बैठे उन्हें देखा-'क्या हो गया? अच्छा तो लग रहा है।'

'यहां से चलिये तो बताता हूं।'

'अरे, यहीं बता दीजिये। इसमें कौन सरकारी गोपनीयता शामिल है?'

'आप चल रही हैं या नहीं?'

उनकी पत्नी ने थोड़ी देर उन्हें घूरा फिर बोलीं-'नहीं। मुझे यहां बहुत ही अच्छा लग रहा है। बहुत दिनों के बाद लग रहा है कि मेरी भी कोई लाइफ है। मैं नहीं चल रही हूं।'

'मैं गाड़ी लेकर जा रहा हूं।'

'जाइये। मैं भाभी जी को घर छोड़ दूंगी।' इस बार मिसेज सिन्हा ने कहा।

'चुपचाप बैठिये। कार्यक्रम खत्म होने पर चलेंगे।' चीफ साहब की पत्नी उन्हें घूरती हुई बोलीं।

कुछ देर असमंजस में खड़े चीफ साहब को इग्नोर करते हुए महिलायें

आपसी बातचीत में लग गयीं और चीफ साहब चुपचाप भारी कदमों से अपनी जगह पर वापस जा बैठे।

'महिला शक्ति जिन्दाबाद।' राठौर जी ने नारा लगाया और पूरा ही महिला ग्रुप मुड़ कर उन्हें देखने लगा।

'अभी कोई बन्दर आ कर दौड़ाने लगे तो असली महिला शक्ति नजर आ जायेगी।' जेण्डर इश्यू और महिला सशक्तीकरण को नौटंकी मानने वाले सिन्हा जी बोले।

उधर से आवाज आयी-'इतने बन्दर तो पहले से ही हैं यहां। अब कौन आयेगा?'

इस हाजिरजवाबी पर हम सभी लोग फिदा हो गये और थोड़ा मोड़ा हल्ला गुल्ला करने के बाद महिला ग्रुप की ओर हाथ जोड़ कर इसका इजहार भी करने लगे। उधर से भी हाथ हिला कर मामले को समाप्त करना एप्रूव कर दिया गया।

* * *

लंच बहुत ही शान्ति और सौजन्यता के माहौल में हुआ। खाने की तारीफ सभी लोगों ने, यहां तक कि चीफ लोगों ने भी की। सभी लोग इस बात पर एकमत हो गये थे कि अगली गैदरिंग भी यहीं रखी जाये। मैं एक पुराने चीफ से उनके दुखों की दास्तान सुन रहा था कि खब्ती चीफ भी अपनी प्लेट पकड़े वहां आ गये। पुराने चीफ की दास्तान में जरा सा गैप पाते ही वे बोले-'मिस्टर फ्यूज बल्ब, तुमने जो भी किया वो अच्छा तो नहीं था लेकिन जिन्दगी को एक अलग नजरिया देने वाला तो था ही। जब महिलाओं ने एक ऐसी जगह को घण्टों रुकने के लिये एप्रूव कर दिया जो मार्केट या पार्लर नहीं था तब मैं जान गया कि अब इसका विरोध बेमानी है। मुझे एडजस्ट कर ही लेना चाहिये।'

'मेहरबानी सर। उम्मीद करता हूं आपने बुरा नहीं माना होगा।'

'वेरी वेल डन। मैं अगली गैदरिंग में भी जरूर आऊंगा।' वे मेरे कन्धे पर हल्का सा हाथ रख कर अपना अफेक्शन दिखाते हुए दूसरे ग्रुप की ओर बढ़ गये।

पाण्डे जी ने कहा-'गजब की नौटंकी है भाई। बीवी की एक झाड़ ने ही शुद्ध कर दिया। ऐसा ही रहा तो अगली गैदरिंग में आने वाले लोगों की संख्या

सौ के पार होगी। नब्बे के करीब तो आज ही हैं। आज का कांट्रीब्यूशन क्या रहेगा गुप्ता जी?'

'कुछ नहीं पाण्डे जी। आज का पूरा शो मेरी ओर से है।' गुप्ता जी ने कहा।

'क्या? पागल हो गये हैं क्या? आज की गैदरिंग को देखते हुए पचास हजार से ऊपर का खर्च होगा।'

'हां। जानता हूं। पर रहेगा। आज मुझे इस जगह जो मिला है वह सब कुछ लुटा देने के बराबर है।'

'ऐसा क्या मिल गया भाई?'

'बता नहीं सकता पाण्डे जी। अभी बोल दिया तो उसकी वैल्यू खत्म हो जायेगी। समय पर जरुर बता दूंगा।'

सदा की तरह हम लोगों ने इस पर कोई जोर नहीं दिया। प्रायः हम सभी सदस्य सारे खर्चे को बांट लेते थे जिससे अरेंज करने वाले पर ही पूरा भार न आ जाये। लेकिन आज गुप्ता जी भी रहस्यमय थे।

धीरे धीरे, बारी बारी सबको विदा करते शाम हो गयी। मैं गुप्ता जी की सहायता करने के बहाने से रुक गया और जाने जहान को घर भेज दिया। आखीर में वहां केवल मैं और गुप्ता जी बचे।

गुप्ता जी आराम से बड़े वाले सोफे पर लगभग लेटते हुए बोले-'कितना अच्छा लग रहा है कि सब कुछ अच्छे से निबट गया। सेलिब्रेट करेंगे तिवारी जी?'

'सेलिब्रेट? अभी और कुछ बाकी है क्या?' मैंने आश्चर्य दिखाते हुए कहा।

'हां। वही बाकी है जिसके लिये भाभी जी को भेज कर आप मेरे साथ रुके हुए हैं।'

अचानक मेरे मन में गुप्ता जी के प्रति प्रेम और लगाव उठने लगा-'आप दूसरे के दिल की हर बात को कैसे जान जाते हैं गुप्ता जी?'

'सबके दिल की तो नहीं कह सकता। आप के दिल की बात तो जान ही जाता हूं। बहुत लम्बा साथ रहा है हमारा और बहुत ही क्लोज। और आप भी तो कम नहीं हैं। इतने लोगों में केवल आपको ही लगा कि मेरे साथ कुछ विशेष

हुआ है और आप इसे जाने बिना नहीं रह सकते। कहिये क्या लेंगे? बियर टाइप की कोई हल्की चीज या थोड़ी सी हैवी?'

'अपने हार्ट को देखो गुप्ता जी। एक बार वार्निंग दे चुका है। हैवी वगैरह की तो बात ही नहीं करनी है। बियर भी नहीं। चाय वाय से काम चला सकते हैं।'

'वाइन कॉकटेल मंगवाते हैं। डॉक्टर कहते हैं हार्ट वालों को थोड़ा थोड़ा वाइन लेना चाहिये। बगल वाले रेस्तां में बहुत अच्छी वाइन कॉकटेल मिलती है।'

'इसको इतना जरुरी बनाने की कोई जरुरत तो नहीं लगती। आप तो जानते ही हो कि मुझे भी ड्रिंक्स में कोई ज्यादा इन्टरेस्ट नहीं है।'

'जानता हूं। लेकिन अगर किस्सा बिना एपेटाइजर के वैसे ही परोस दिया जाय तो हजम नहीं होता। लगता है खोदा पहाड़ निकला चूहा। सभी किस्सों का यही हाल है तिवारी जी।'

पहला घूंट गुप्ता जी ने ही लिया। बहुत तृप्ति के साथ मुझे देखते हुए बोले- 'आपको क्या लगता है? क्या हुआ होगा मेरे साथ? आप तो सवेरे से मुझे देख रहे हैं? क्या मैं बदला बदला सा लग रहा हूं?'

'हां। बदले बदले से लग रहे हैं। लगता है कि आपके साथ कुछ बहुत ही अच्छा हुआ है, जिससे आपके भीतर खुशी के बगोले उठ रहे हैं। क्या हुआ है, इसका कोई अन्दाज नहीं है। बेटी के बारे में कोई अच्छी खबर हो सकती है। बाकी, मैं आपकी फेमिली लाइफ, गांव आदि के बारे में जानता ही हूं। वहां से तो कोई अच्छी खबर की संभावना नहीं दिखती।'

'यही तो बात है। आप सारी बातें नहीं जानते। आपसे भी, आपका यह चोर दोस्त कुछ बातें छिपा ले गया है।'

'क्या नहीं जानता भाई?'

'एक तो यह कि मैं मिसेज सिंह से बहुत प्रेम करता रहा हूं। अथाह प्रेम।'

'हे भगवान! बुढ़ापे में ये प्रेम व्रेम क्या सूझा?' मैं सच में, बहुत ही आश्चर्य में आ गया। बिलकुल भी भरोसे लायक बात नहीं थी। मुझे लगा कि यह रोजमर्रा की आपसी चुटकियों की तरह का कोई मजाक ही है।'

लेकिन गुप्ता जी ने ऐसा माहौल क्रियेट कर दिया था कि मजाक की तो कोई गुंजाइश थी ही नहीं।

मैंने जबरदस्ती गंभीरता दिखाते हुए पूछा-'क्या भाभी जी के जाने के बाद बहुत अकेलापन होने से ऐसा हो गया? पर मिसेज सिंह क्यों........? वे तो देखने सुनने में भी कोई खास अच्छी नहीं हैं।'

मुझे हाथ के इशारे से रोकते हुए गुप्ता जी कहीं शून्य में देखते हुए बोले-'बुढ़ापे में नहीं। मुझे उनसे तीस साल पहले ही प्रेम हो गया था। क्या मैं पूरी कहानी सुनाऊं?'

'हां। हां। जरुर गुप्ताजी। मैं पूरे ध्यान से सुन रहा हूं।' आश्चर्य के सागर में डूबते उतराते मैंने कहा।

'सिंह साहब से मेरी पुरानी दोस्ती है। मैं उनकी शादी में भी गया था। वहां जयमाल के बाद सारे दोस्त नये कपल के साथ बैठ कर हंसी मजाक कर रहे थे। वहीं मैंने पहली बार उन्हें देखा था पर सब कुछ बहुत सामान्य रहा। दुबारा हमारी मुलाकात उनकी पोस्टिंग वाली जगह हुई जहां हम लोग दो दिन साथ रहे। भाभी जी की एनर्जी, उनकी आभा, उनका व्यवहार बहुत ही अट्रैक्टिव था पर यहां भी कुछ ऐसी बात नहीं थी। फिर एक टूर में हम लोगों का साथ फिर हो गया। वहीं, पता नहीं क्या हुआ कि मैं उनके लिये जान देने की हद तक प्रेम में पड़ गया।'

'लाहौल विला। सिंह साहब को पता चला?'

'सवाल ही नहीं था। सिंह साहब को पता चलने की बात तो बाद में आती, मिसेज सिंह को ही नहीं पता चला। किसी को नहीं पता चला। यह बात जाहिर होने पर मैं दुनियां का सबसे बड़ा लम्पट कहलाता। यारमारी अलग से होती। मैं खुद कहीं अपना मुंह दिखाने लायक न रहता।' इतना बताते बताते गुप्ता जी इतने तनाव में आ गये थे कि उन्होंने अपना वाइन ग्लास पूरा खाली कर दिया।

'फिर क्या किया?'

'कुछ नहीं। चुपचाप जीवन की इस सबसे प्यारी पर भयानकतम फीलिंग को हजम करने की कोशिश करता रहा।'

'क्या आपको ऐसा पहली बार हुआ था?'

'हां।'

'गुप्ता जी, जहां तक मैं जान रहा हूं आपकी शादी तो सिंह साहब से काफी

पहले ही हो गयी थी। शादी के पहले किसी से प्रेम नहीं हुआ था?'

'नहीं।'

'शादी के बाद भाभी जी से तो हो गया होगा। हमारी पीढ़ी के अधिकांश लोग शादी के बाद अपनी पत्नी से ही पहले प्रेम का पैंग महसूस करते हैं।'

'ऐसा क्यों नहीं हुआ, यह बताने के लिये मुझे अपनी जिन्दगी की और पीछे की कहानी बतानी होगी- बैकग्राउंड।आप सुनना चाहेंगे?'

गुप्ता जी ने दूसरे वाइन ग्लास के लिये घण्टी बजायी और मेरे मना करने के बावजूद भी बहुत इसरार और वादे के साथ कि वे इसके बाद बिलकुल नहीं लेंगे, इसे मंगवा ही लिया।

मैंने नाराजगी दिखाते हुए कहा-'गुप्ता जी। जो आप बता रहे हैं वह भी आप की जिन्दगी की ही कहानी है। इसका बैकग्राउण्ड तो इसका ही हिस्सा होगा न? उसे कहे बगैर बात पूरी ही नहीं होगी। मेरा प्वाइन्ट दूसरा है। जीवन की एक जरा सी सच्चाई बताने में, और वो भी मुझसे, अपने सबसे करीबी दोस्त से, आप इतना टेंशन क्यों ले रहे हैं? आराम से बताइये। वाइन के बिना भी कहा जा सकता है। आपके हार्ट की स्थिति जानता हूं। जिन्दगी की एक सच्चाई शेयर करने के लिये जिन्दगी को ही दांव पर लगा देने का क्या मतलब है?'

'अब जिन्दगी का क्या है? यह तो पूरी ही हो गयी तिवारी जी। लेकिन जो मैं कह रहा हूं वह आसान नहीं है। इस राज को मैं अपने साथ ही ले जाना चाहता था पर कुछ ऐसा हो गया कि कहे बिना भी नहीं रह सकता। आप बोर हो रहे होंगे, इस बिना सिर पैर की वाहियात सी लगने वाली कहानी से। शायद आपको इस पर भरोसा भी न आये। लेकिन कहना तो है, और केवल आपसे ही।'

'क्या बात है? आपकी कहानी सुनने में मुझे बोरियत होगी? ऐसा तो सोचिये भी मत।' मैं आहत भरे स्वर में बोला।

'आपको भरोसा है कि मैं जिन्दगी की कहानी बिना कोई सच छिपाये ज्यों का त्यों कहूंगा?'

'पूरा भरोसा है। आप निश्चिन्त हो कर कहिये।' मैंने इतना कह कर गुप्ता जी को अपने विचारों को समेटने का मौका दिया और अपने ग्लास पर ध्यान दिया।

उन्होंने अपनी कहानी आगे बढ़ाई-'मैं एक छोटे से जिले के छोटे से गांव का रहने वाला था। शादी बचपन में ही हो गयी थी और जब शादी का मतलब भी नहीं जानता था तभी गौना हो गया। वो छोटी सी बच्ची हमारे साथ रहने आ गयी। क्या प्रेम होता? कई वर्षों के बाद धीरे धीरे प्रकृति के इशारों व दोस्तों के ज्ञान से सहज सम्बन्ध तो चल निकले पर प्रेम? प्रेम कहीं नजर नहीं आया।' उन्होंने मेरी ओर देखा।

बचपन की शादी में प्यार का सवाल ही कहां पैदा होता है। लेकिन कुछ न कहते हुए मैंने आदर्श श्रोता की तरह कहानी का प्रवाह बाधित किये बगैर 'हां' कहा।'

'ग्रेजुएशन तो गांव रह कर ही हो गया। आगे प्रतियोगिता परीक्षाओं की तैयारी के लिये मैं इलाहाबाद जाना चाहता था लेकिन पिताजी के पास पैसे नहीं थे। हमारे गांव के ही पट्टीदार ने, जो इलाहाबाद में ही किसी अच्छी नौकरी में थे, मुझे सपोर्ट किया और मैं इलाहाबाद पहुंच गया। वहां जीवनयापन का एक न एक रोजगार सुरक्षित करने के लिये, अपने कुछ और साथियों की तरह मैंने एलएल0 बी0 भी ज्वाइन कर लिया। अगले तीन साल तक की प्रतियोगिता परीक्षाओं में मेरा चयन तो कहीं नहीं हो पाया पर लॉ की डिग्री मिल गयी। जल्दी से जल्दी अपने पैरों पर खड़े हो कर अपने घर को सपोर्ट करने के लिये मैंने, अपने पट्टीदार के परिचित अपनी ही बिरादरी के एक चलते फिरते एडवोकेट के जूनियर के रुप में हाई कोर्ट में वकालत भी शुरु कर दी।'

मैंने फिर हां रुपी सिर हिलाया।

'रोज शाम कोर्ट से लौटने के बाद रात दस बजे तक उनके चैम्बर पर रहना होता था जो उनके घर में ही था। उनकी बड़ी लड़की थी जो दो तीन साल पहले लॉ करने के बाद उन्हीं के साथ वकालत सीख रही थी। वह हर तरह से अजीब सी थी, दिखने में और व्यवहार में भी। इसीलिये एडवोकेट साहब के लाख प्रयासों के बाद भी उसकी शादी तय नहीं हो पा रही थी। हम दो ही लोग उनके जूनियर थे इसलिये शाम के कुछ घण्टे साथ रहना पड़ता था। एक आदर्श परिवार की तरह एडवोकेट साहब का एक लड़का भी था जो पूरी तरह लखैरा और आवारागर्द था। काम काज और बल बुद्धि से पूरी तरह शून्य।'

यह शो करने के लिये कि हम कहानी ध्यान से सुन रहे हैं, हमें बीच बीच

में कुछ प्रश्न करते रहना चाहिये। इसी के तहत मैंने पूछा-'वो लड़की तो आपसे उम्र में बड़ी रही होगी?'

'हां। करीब तीन साल बड़ी थी।'

'फिर क्या हुआ?'

'फिर अचानक मेरा चयन वेट लिस्ट से वन सेवा के लिये हो गया। मेरी और मेरे घर वालों की खुशी का कोई ठिकाना नहीं था। पता नहीं क्यों एडवोकेट साहब का परिवार भी बहुत खुश था। मेरी सफलता की खुशी में उन लोगों ने भी भव्य पार्टी की। मैं ट्रेनिंग पर जाने के पहले अपने परिवार के साथ रहने गांव चला गया।'

'बहुत अच्छा किया आपने।'

'फाइनली, ट्रेनिंग पर जाने के कुछ दिन पहले मैं अपने दोस्तों से मिलने के लिये इलाहाबाद आया। इसी क्रम में मैं एडवोकेट साहब के यहां भी गया। आश्चर्य था कि पहले से सूचना देकर जाने के बावजूद भी घर पर केवल लड़की ही थी। मां बाप भाई कहीं बहुत जरुरी काम से गये थे और जल्दी ही लौट आने वाले थे। कह कर गये थे कि मैं उन लोगों का इन्तजार कर लूं।

मैंने लड़की से पूछा-'तुम नहीं गयी? जिस हिसाब से सज संवर कर तैयार हुई हो, उससे लग तो यही रहा है कि तुम्हें भी जाना था। मेरी वजह से रुकना पड़ गया क्या?'

वह बिना कुछ बोले मुस्करायी और कॉफी बनाने लगी। पता नहीं एकान्त का असर था या उसके साज श्रृंगार का या मेरी मत मारी गयी थी, वह इस समय इतनी खराब नहीं लग रही थी जितनी हमेशा लगती थी। काफी और स्नैक्स के आदान प्रदान में हम दोनों के बीच कुछ ज्यादा ही लिबर्टी आ गयी थी। कई बार उसने सट कर कुछ सर्व करने और इस दौरान अपने आपको एक्सपोज करने में कोई कसर नहीं छोड़ी। यह सब पकते पकते जब वह खिड़की के आगे खड़ी होकर अपने हाथ और एड़ियां उठा कर पर्दा खोलने लगी तो खिड़की से आती रोशनी के बैकग्राउण्ड में उसके बड़े स्पष्ट उभारों की झलक ने उस एकान्त में मेरा दिमाग पूरी तरह खराब कर दिया।'

मुझे कहानी में इंटरेस्ट आने लगा।

'मेरे बेकाबू टच के जवाब में झिड़कने, डांटने, चिल्लाने, भागने आदि की नेचुरल प्रतिक्रियाओं के बदले वह मेरे ऊपर ही ढेर हो गयी और हम एनिमल इन्सटिंक्ट की गिरफ्त में बहने लगे। लेकिन अभी दस मिनट भी नहीं बीते थे कि लोग अचानक आ पहुंचे और हम रंगे हाथ पकड़े गये।'

'माई गॉड! सैड एण्ड ऑफ़ स्टोरी।' मेरे मुंह से स्वतः ही निकला।

'सैड एण्ड यह नहीं था मेरे भाई। सैड तो वह था जो इसके बाद हुआ। फीजिकली तो नहीं, पर मेंटली मैं इतना ज्यादा टार्चर किया गया कि पूछिये मत। मेरे गांव में मेरे पिता को, मेरे हर रिश्तेदार को खबर कर दी गयी कि मैं यहां क्या गुल खिला रहा था। मेरे ऊपर भारी दबाव डाला गया कि मैं तुरन्त उस लड़की से शादी करूं। मेरे ना कहने पर एडवोकेट ने मेरे खिलाफ 'रेप और अटेम्प्ट टु मर्डर' का एफ0आइ0आर0 कराने की धमकी दी और मुझे यह स्पष्ट कर दिया कि इसके बाद मैं वन सेवा को तो भूल ही जाऊं। वह यहीं वकील है और मुझे जेल करा कर ही रहेगा। मैं सर्विस तो गयी ही समझूं क्योंकि क्रिमिनल मामले में सजा होने पर या ट्रायल में भी गवर्नमेंट सर्विस में रहना नामुमकिन है। मेरे माता पिता, पत्नी या और किसी शुभेक्षु को कोई रास्ता नहीं सूझ रहा था। एक दुर्लभ सी नौकरी को छोड़ने की हिम्मत बन नहीं रही थी। लिहाजा कुल मिला कर ट्रेनिंग पर जाने के पहले मुझे उससे कोर्ट मैरेज करनी पड़ी। यह तय हुआ कि जुलाई की छुट्टी में आने पर रेगुलर मैरेज होगी। मेरी पहली पत्नी के बारे में सोचने की किसी को भी जरुरत नहीं लगी।'

'एक कमजोर क्षण ने जीवन बदल डाला।' मैं बोला।

'नहीं तिवारी सर। सब कुछ ऐसा नहीं था। मैं भी काफी दिनों तक यही समझ कर खुद को कोसता रहा लेकिन धीरे धीरे सच पता तो चल ही जाता है। एक दिन मेरे ससुर ने दारु चढ़ाने के बाद खुद ही यह राज खोल दिया कि मैं तो शिकार था। मैं कुछ भी न करता तो भी यही होना था। इसीलिये उस दिन स्टेज सेट किया गया था। सब कुछ केवल इसलिये कि मेरा सेलेक्शन हो गया था और मैं उनकी लड़की की शादी के लिये एक अच्छा शिकार बन गया था। अब आप बताइये कि मुझे किससे प्रेम होता?'

मैं सच में उन्हें पूरी सहानुभूति के साथ देखते हुए बोला-'मैं समझ गया। क्या हम लोग आपके यहां जिन भाभी जी से मिलते थे वे यही थीं?'

'हां।'

'गांव वाली भाभी जी का क्या हुआ?'

'वह गांव में ही रही। इसने कभी उसे या मेरे माता पिता को मेरी सर्विस वाली जगहों पर आने ही नहीं दिया। पर मैं इसके लाख विरोध के बावजूद भी गांव जाता रहता था। जो बेटे का या पति का फर्ज होता है, वह मैंने पूरा निभाने की कोशिश की।'

'जहां तक मुझे याद है इन भाभी जी की डेथ तो कई साल पहले ही हो गयी थी। गांव वाली कहां हैं?'

'वह भी नहीं हैं। वो इससे भी पहले गुजर गयी थी। घर वाले कहते हैं कि उसी की बददुआ या भूत ने इसको भी अचानक ही खत्म कर दिया। अब तो कोई ही नहीं है तिवारी जी। मैं अकेला ही प्रेत की तरह डोलता फिरता हूं।'

'बच्चे तो थे। कहां हैं आजकल?'

'गांव वाली से दो बच्चे हुए थे पर पता नहीं क्यों वे सरवाइव नहीं कर पाये। पैदा होने के बाद कुछ महीने भी नहीं गुजार पाये। इससे एक लड़की और एक लड़का था। जैसा अपने लोगों में हो रहा है लड़की की शादी तो हम लोग पैसों का इस्तेमाल करके अच्छी से अच्छी कर देते हैं। मेरी भी लड़की शादी के बाद यू0एस0ए0 चली गयी। शुरु में तो कभी कभी आती थी पर उसके अपने बच्चे होने के बाद आना जाना कम हुआ और उसकी मां के जाने के बाद एकदम बन्द ही हो गया। लड़के को मेरी पत्नी ने शुरु से ही अपने भाई के संरक्षण में रखा था। उसे मेरे पास आने भी नहीं देती थी। अपनी मौत के समय उसने लड़के को पूरी तरह उसके मामा के सुपुर्द कर दिया। वह मामा मेरे बेटे की पढ़ाई और रोजगार के नाम पर मुझसे लगातार पैसे लेता रहता था। इधर मैं अपने साथियों से झूठ ही कहता था कि वह पूना में पढ़ रहा है।'

'अब कहां है?'

'नहीं है तिवारी जी। दारु पी कर रैश ड्राइविंग के दौरान एक्सीडेन्ट में मामा भान्जे दोनों ही निबट गये।'

'बाप रे बाप। इतनी भयानक जिन्दगी? गुप्ता जी आप को देख कर कभी ऐसा लगा ही नहीं कि आप जीवन का भयानकतम दर्द अपने भीतर छिपाये हुए

हैं। आप हमेशा इतने बिन्दास नजर आते रहे कि हम सब आपसे रश्क करते थे। हैट्स ऑफ़ टु यू सर।' मैंने खड़े होकर कहा, फिर वापस बैठ गया।

'मैंने बताया ही है आपको, एक ही कारण था, एक ही सहारा था मेरे जीने का। जब जब अवसाद के दौरे आते थे तब तब मैं केवल मिसेज सिंह का ख्याल करता था। उन्हीं के साथ एक काल्पनिक 'वर्चुअल वर्ल्ड' में रहता था। शुद्ध प्लेटॉनिक लव। नीले आसमान में उड़ते सफेद बादलों की तरह हल्का और प्योर लव। उन्हीं का ध्यान करते करते मैं धीरे धीरे ठीक भी हो जाता था। कभी साइकियाट्रिस्ट या काउन्सेलिंग वग़ैरह की जरूरत नहीं आयी।'

'हां। अब मैं बेहतर समझ सकता हूं। आपके प्लेटॉनिक लव की हकीकत। आपके बैकग्राउण्ड की कहानी ने इसकी भारी मानसिक जरुरत खड़ी कर दी थी। मिसेज सिंह न होतीं तो कोई और होता। कोई भी न होता तो गुप्ताजी, आप भी न होते। असंभव है इतना कुछ झेल कर जिन्दा रहना।'

गुप्ता जी ने मुझे गहरी नजर से देखा-'सच कहूं तो पहले मुझे भी यही लगा था कि मेरी जीरो प्रेम या कहें तो माइनस प्रेम वाली फैमिली लाइफ में मेरी मानसिक जरुरत के रुप में ऐसा हुआ। लेकिन तिवारी जी, आप ही सोचिये कि मिसेज़ सिंह के मामले में बिलकुल किसी रिस्पांस की संभावना न होने पर भी यह प्रेम किसी दूसरी जगह नहीं शिफ्ट हुआ? कितना आसान होता 'तू नहीं और सही' का फार्मूला? ऑप्शन तो और भी बहुत थे, दिखने में सुन्दर और अवे-लेबिल भी। आप जानते ही हैं कि अपने कई साथी लोग तो केवल फन के लिये ही दूसरी औरतों से सम्बन्ध रखते थे पर मेरे मन में कहीं और दिल लगाने का विचार तक कभी नहीं उठा। मेरे लिये केवल वही एक थीं, मेंटर, एंजल, गॉडेस... जो भी कह लूं। कोई और हो ही नहीं सकता था। जिन्दगी में हमेशा मैं उनके ही ख्यालों से ठीक हुआ। जब कभी भी एनर्जी की जरुरत आयी उनके बारे में सोच कर ही मिली। हम लोग प्रायः मिल भी जाते थे पर इस प्रेम का राज मेरे सीने में इतने गहरे दफन था कि कभी इसका शक भी नहीं होने पाया कि मेरे मन में उनके लिये कोई अलग ही भावना थी।'

'आप ठीक कह रहे हैं गुप्ता जी। यह आपकी मानसिक जरुरत का मामला बिलकुल नहीं है। मानता हूं, यह कुछ बहुत ही दुर्लभ और रहस्यमय अहसास है।' फिर मैंने उनकी ओर देखते हुए पूछा-'आज भी तो वो आयी थीं। क्या

इसीलिये पूरे दिन आप के अन्दर खुशी के बगोले फूटते रहे?'

'हां तिवारी जी।' गुप्ता जी ने आगे झुक कर धीमे से कहा-'बगोले इस लिये फूटते रहे कि आज मैंने उनसे सीधे कह ही दिया। पता नहीं कैसे हिम्मत आ गयी?' फिर उन्होंने वाइन का आखिरी घूंट भरा।

'क्या कह दिया? कब? कैसे?' मुझे हैरानी हुई

'आज सिंह साहब को किसी काउन्सेलिंग में जाना था तो वे भाभी जी को सवेरे थोड़ा जल्दी यहां छोड़ कर चले गये थे। उस समय थोड़े ही लोग यहां आये थे। मैं उन्हें यह जगह दिखाने लगा। लंच हॉल और लॉन दिखाते हुए सीटिंग पैटर्न पर उनकी राय मांगी। उन्होंने इस जगह को चुनने और यहां की व्यवस्था का इतना खूबसूरत पैटर्न बनाने के लिये मेरे सौन्दर्यबोध की बहुत तारीफ की और कहा कि उन्हें पता ही नहीं था कि मैं इतना पारखी था। मेरे मुंह से अनचाहे ही निकला कि आपको अभी और भी बहुत कुछ पता नहीं है।'

'और क्या?' उन्होंने गुलदस्ते के फूलों को सजाना छोड़ कर सीधे मेरी आंखों में देखते हुए एक रहस्यमय लगने वाली मुस्कराहट के साथ पूछा।

'फिर क्या हुआ?' मैं स्वयं को यह अनावश्यक प्रश्न करने से रोक नहीं पाया।

'ये आंखें और मुस्कराहट सीधा मेरे दिल में उतर गये। मुझे लगा कि मैं बेहोश हो जाऊंगा। खुद को किसी तरह संभालते हुए मैंने अपने सारे बचे खुचे जीवन को दांव पर लगा कर कहा-'मैं आपसे प्यार करता हूं। बहुत ज्यादा प्यार।'

उन्होंने अपने कहीं कहीं सफेद हो चले बालों को झटकते हुए कहा-'माई गॉड। इस बुढ़ापे में प्यार कर रहे हैं? तीस पैंतीस साल पहले करना चाहिये था।'

'तीस पैंतीस साल पहले से ही है।' मैंने सर झुका कर कहा। तभी मिसेज सिन्हा आ गयीं और वे उनके साथ डाइनिंग हॉल में चली गयीं। मुझे अपराध-बोध होने लगा। अगर ये सिंह साहब को या अपनी सहेलियों को यह सब बता देती हैं तो मेरा क्या होगा? मेरी लम्पटता और एक अप्रिय स्थिति उजागर होने से कैसे रुक सकती थी? शायद मैं कह सकता था कि यह सब केवल बुढ़ापे की छेड़ छाड़ में, हंसी मजाक के तहत कही गयी बात थी। लेकिन बड़ा सवाल यह था कि

क्या मैं यह कह पाऊंगा? मैं अपने बचाव में भी इस बात को मजाक नहीं कह सकता था। जी कड़ा करके मैंने खुद को संभाला। 'जो भी होगा देखा जायेगा' की धारणा के साथ मैं अपने काम में लग गया पर उनकी वो निगाह और मुस्क-राहट भूलती ही नहीं थी। मेरा दिल लगातार जोर जोर से धड़के जा रहा था।

मैनेजर के संदेश पर मैं डाइनिंग हॉल में मेनू और रेट्स फाइनल करने गया। वो वहां नहीं दिखीं। पांच सात मिनट की चर्चा में सब क्लियर होने के बाद स्टाफ चला गया। मैं चुपचाप वहीं हॉल में अकेले अपने लरजते दिल के साथ बैठा था कि मुझे हवा के झोंकों के साथ वही डिवाइन खुशबू आती हुई लगी। मैं चुपचाप बिना हिले डुले बैठा रहा, जब तक कि अपने कन्धों पर पीछे से रखे गये दो हाथों की गर्मी नहीं महसूस करने लगा। मैं जानता था कि यह किसका हाथ था। मुड़ कर देखने की जरुरत नहीं थी इसीलिये चुपचाप बैठा रहा।

वे धीमी सी आवाज में बोलीं-'मैं जानती हूं। पहले भी जानती थी।'

'कैसे? मैंने तो इसे बहुत ही गहरे दबा रखा था। हर मुमकिन कोशिश की थी कि यह बाहर न आये और मेरे देखे तो कभी बाहर आया भी नहीं। फिर कैसे?'

'महिलायें जान ही जाती हैं। आप दुनियां से छिपा सकते हैं पर उस महिला से नहीं जिसके लिये आपकी आंखें, आपकी बॉडी लैंग्वेज बहुत कुछ कहती रहती है।' उनका हाथ मेरे खल्वाट पर बचे खुचे बालों में घूम रहा था।

कुछ देर मैं केवल उनको महसूस करता रहा फिर कठिनाई से निकलती आवाज में बोला-'आपने नकारा नहीं?'

'शुरु शुरु में तो अच्छा नहीं लगा। यही लगता था कि यह सब अनैतिक और भारी पाप है। नयी शादी वाली लड़की पूरी तरह पति में और आगे चल कर बच्चों में डूबी होती है। दूसरा कोई अच्छा भी नहीं लगता। फिर धीरे धीरे बहुत लम्बा समय बीता। आपके बारे में जाना सुना। देखा कि बुढ़ापे की जद में कदम रखने तक आपने न कुछ गलत किया और न ही मेरे प्रति आपकी यह भावना खत्म ही हुई।'

'आपने मुझसे दूर रहने या मुझे दूर करने की कोशिश नहीं की?'

'नहीं। क्योंकि मुझे पता था कि मुझसे सच्चे अर्थों में प्यार करने वाला

आपके अलावा और कोई भी नहीं था। बहुत किस्मत वालों को ही ऐसा प्यार नसीब होता है। ज्यादातर लोगों को तो पूरी जिन्दगी नहीं नसीब होता। मैं खुद को बहुत विशेष समझने लगी। ऐसा आस्तित्व जिस पर एक बहुत ही शुद्ध, बहुत ही सच्चा प्यार केन्द्रित था। आप गलत मत समझिये। सिंह साहब और मैं एक दूसरे से बहुत ही प्यार करते हैं। करना भी था। हमारा सामाजिक बन्धन है। बहुत कुछ जुड़ा हुआ है। लेकिन आप का मामला ही अलग था। आप को कुछ नहीं मिलने वाला था। इसके बावजूद भी जुनून की हद तक मेरे प्रति आपका प्यार एक दैवीय अनुभूति थी। मैं यह बात कभी कह नहीं सकती थी। इसे कहने का कोई मतलब भी नहीं था।'

'हां, सच है। कहने का कोई मतलब नहीं था।' इसके अलावा मेरे मुंह से और कुछ भी नहीं निकल पाया।

'आज जब आपने बैरियर तोड़ ही दिया है तो मैं भी कहना चाहती हूं कि मुझे भी आपसे ऐसा ही प्यार है। आपके इस गैर दुनियावी प्यार की प्रतिक्रिया में पहले ही हो गया था। लेकिन आपकी ही तरह मन की अथाह गहराइयों में दफन था। रहना भी चाहिये था। मैं नहीं जानती कि इससे क्या फायदा या नुकसान होगा पर मुझे लगा कि आज ही वह दिन है जब मुझे भी यह बात आपसे कह देनी चाहिये।'

मेरे भीतर जो हिलोरें उठ रही थीं उन्होंने मुझे बाहर से भी हिला दिया। वे मेरे सामने आकर बैठ गयीं। मैं काफी देर उन्हें देखता ही रह गया।

'मैं बताता हूं कि क्या फायदा हुआ।' मैंने लरजती सी आवाज में कहा-'मैं अन्दर से अधूरा था। अपनी फैमिली लाइफ में तो अधूरा था ही आपसे एकत-रफा प्यार के मामले में भी अधूरा था। आज आपसे यह सुन कर अचानक ही पूरा हो गया हूं। अन्दर से तृप्त हो गया हूं।' पता नहीं क्यों मेरी आंखों में आंसू आने लगे।

'संभालिये अपने आपको।' उन्होंने मेरे हाथ पर अपना हाथ रखते हुए कहा।

'हां। मेरे भीतर पता नहीं कौन सी और दुनियां जाग गयी है। उससे लगातार आपके लिये हर तरह की खुशहाली की दुआ निकल रही है। पहले भी निकलती

थी लेकिन आज वह भी पूरी की पूरी होकर निकल रही है। मन यही हो रहा है कि मेरा जो कुछ भी अच्छा बचा हो सब आपको मिल जाये। मैं तो पूरा हो गया हूं।' कुछ रुक कर मैंने उनकी ओर देखा-'मैं शायद ठीक से कह नहीं पा रहा हूं।

उन्होंने अपना हाथ हटाये बगैर कहा-'मैं पूरी तरह समझ रही हूं।'

बड़ी देर तक मैं सर झुकाए हुए गुप्ताजी को चुपचाप देखता रहा। ये प्रेम कहानियां सुनने वालों को तो मजाक जैसी लगती हैं पर जो इनसे गुजरता है उसकी तो बहुत ही ऐसी तैसी होती है। ऐसी शुद्ध प्रेम कहानी तो मैंने कभी प्रेम कहानियों के इतिहास में भी नहीं देखी थीं जो यहां रुबरु थी। क्या सच में ऐसा होता है कि कोई अपने पूरे जीवन भर किसी को बिना किसी प्रतिफल के इतना ज्यादा प्रेम करता रह जाये। इस कहानी में भी बहुत से प्रश्न मेरी समझ से परे थे पर गुप्ता जी को दिये गये भरोसे के तहत मैंने इसे ज्यों का त्यों पूरी तरह स्वीकार किया।

मैं अपनी जगह से उठ कर उनके बगल में जाकर बैठ गया और उनके कन्धे को छूते हुए बोला-'गुप्ता जी, आपके हंसने हंसाने वाले बिन्दास व्यक्तित्व के पीछे ऐसी अनकही रोमांचक कहानी छिपी हुई है, यह आपका सबसे करीबी दोस्त-मैं, भी नहीं जानता था। जितना जानता था वह टुकड़ा टुकड़ा ही सच था।'

उन्होंने सिर उठा कर पूर्ववत मुस्कराते हुए अपनी असली बिन्दास टोन में कहा-'तिवारी जी, इसीलिये मैं कहता हूं कि जितने भी लोग हैं, समाज के पायदान पर चाहे नीचे हों या ऊपर, हर चेहरे की अपनी अपनी एक अनोखी कहानी होती है। जिन्दगी के अपने अजब गजब खेल हैं ही। ये हमेशा कुछ छीनती सी लगती है, कुछ देती सी लगती है और इसी में उलझा कर हमारी अपनी कहानी को पूरा करवा देती है। जिन्दगी की इन असल कहानियों से हट कर जब चीफ टाइप के लोग अपनी प्रशंसा में गढ़े हुए झूठे किस्सों में लोगों को जबरदस्ती उलझाने लगते हैं तभी विरोध पैदा होता है।'

'बिलकुल सही है गुप्ता जी। दम है तो अपनी कहानी सुनाइये। लोग भी तो जानें कि असल में जिन्दगी के क्या क्या अन्दाज हैं?'

काफी देर हम लोग वहां बैठे इधर उधर की बातें करते रहे।

जब डिनर के लिये इन्तजार करती मेरी पत्नी का फोन आने लगा कि मैं कब

तक घर पहुंच रहा हूं तब हम लोग चलने के लिये उठे।

'आगे क्या प्रोग्राम रहेगा गुप्ता जी?' चलते हुए मैंने सहज ही पूछा।

उन्होंने चलते चलते ही कहा-'मैंने आप से बता ही दिया है कि आज मैं भीतर से एकदम पूरा हो गया हूं। मैं झूठ नहीं कह रहा हूं तिवारी जी। जब तक अन्दर अधूरा सा लगता है तभी तक उसे पूरा करने के लिये जबरदस्ती की भाग दौड़ का मन होता रहता है। जब पूरा ही हो गया तब क्या प्रोग्राम? अब तो मेरा कुछ भी प्रोग्राम नहीं है। मेरी कहानी पूरी हो गयी है।'

'मिसेज सिंह ने एक ही दिन में आपको पूरा फिलॉसफर बना दिया है।'

'क्या पता उन्होंने क्या बना दिया है? सच में, मुझे खुद भी नहीं पता। लेकिन आज आपसे यह सब कुछ शेयर करके बहुत ही अच्छा लगा। आपने भरोसा करके पूरा सुना। मैं बहुत आभारी हूं।' और वो हाथ हिलाते चले गये।

* * *

सवेरे ही खबर आ गयी कि गुप्ता जी नहीं रहे। सचमुच उनकी कहानी पूरी हो गयी थी और उन्होंने अपनी कहानी की सच्चाई पर मुहर भी लगा दी थी। उनको अन्तिम विदा देने मैं बहुत आग्रह अनुरोध के साथ मि0 सिंह को भी अपने साथ ले गया। मिसेज सिंह खुद ही आग्रह करके हमारे साथ आयीं।

एक बूढ़ा बर्थ डे

पता नहीं किसको ख्याल आया, पता नहीं क्यों आया और पता नहीं किसने मुझे बताया कि इस साल मेरा बर्थ डे बहुत धूमधाम से मनाया जायेगा। मेरी समझ में तो बिलकुल भी नहीं आया कि ऐसा क्यों होना है लेकिन जो होना है वह तो होना ही है। मेरा तो इन सब चीजों पर कोई बस है नहीं।

पता नहीं क्यों मैंने अक्सर होने वाली बैठकी के लिये आये अपने बचपन के लंगोटिया यार राय साहब को यह बता दिया। आतिथ्य के पहले चरण में पानी पीने के लिये मूंग के होम मेड लड्डू निबटाने के बाद उन्होंने पानी का जो पहला घूंट भरा था वह, अचानक आयी बेसाख्ता हंसी के दौरे को रोकने के लिये मुंह बन्द रखे रखे अजीब सी आवाज मूमूहंमूमू.....के साथ पहले तो मुंह के कोनों से बूंद दर बूंद टपकता रहा लेकिन फिर पता नहीं क्यों राय साहब के मुंह से स्वतंत्र हो कर फव्वारे की शक्ल में पूरी टेबिल और उनकी शर्ट तक छींटाकारी करते हुए सेटिल हो गया। राय साहब हंसते हंसते दोहरे होकर खांसने लगे।

'ऐसा भी क्या हो गया है? इतनी हंसी की तो कुछ बात नहीं है।' निर्विकार भाव से मैंने अपने लड्डू को धीरे धीरे स्वाद लेकर चबाते हुए कहा।

'तोहार बर्थ डे? धूम धाम......से?' हंसी के बीच थोड़ी सी जगह निकाल कर वे अवधी छांटने लगे।

'हां, राय साहब। मेरा बर्थ डे।' मैंने आवाज में दम डालते हुए कहा-'क्या मैं पैदा नहीं हुआ था, या मुझे अपने पैदा होने की तारीख मालूम नहीं है?'

'वो तो होगी ही। काहे नहीं होगी भैया। हमें तो याद कइ के बताइ देओ कि तोहार पिछला कौन वाला बर्थ डे धूमधाम से मना रहा?'

मैंने याद करने की कोशिश की। धूमधाम की तो बात ही अलग थी मुझे यही नहीं याद आ रहा था कि मेरे पिछले बर्थ डे पर क्या हुआ था? उस दिन मैं कहां था? कौन कौन मेरे साथ था? ये तो हद ही है। ठीक है, बुढ़ापे में याददाश्त थोड़ा कमजोर हो जाती है पर इतना भी क्या कम होना? मैं यह तय नहीं कर पा रहा था कि मुझे अल्जाइमर्स था या डिमेंशिया? बोलने में पहला वाला ही ज्यादा

अच्छा लगता था और उसमें अभिजात्यपन की झलक भी थी इसीलिये मैं ताल ठोंक कर बोला-'वो तो अल्जाइमर्स की वजह से मुझे याद नहीं है फिर भी यह याद है कि पिछले साल बहुत धूमधाम थी।'

'अच्छाऽऽऽऽ...' अल्जाइमर्स जैसे अनोखे म्यूजिकल शब्द पर कोई ध्यान दिये बगैर 'अच्छा' जैसे सामान्य से शब्द को खींचते हुए वे बोले-'का का भवा रहा? रात नींद से जगाइ के बइठाइ गये होबा?' फिर मेरी सूरत पर फटकार बरसती देख कर वे अवधी छोड़ कर सामान्य भाषा पर आ गये-'होता तो यही है। अच्छा भला नींद आयी होती है कि रात बारह बजे आप जगा कर बैठा दिये जाते हैं और सरप्राइज के नाम पर घर का बना शुद्ध हलवा केक की तरह काटने के लिये आपको दे दिया जाता है। हैप्पी बर्थ डे के कोरस और मोबाइल से वीडियो कॉल पर झांकते आपके दूर दराज रह रहे बच्चों की निगरानी के बीच आपकी केक काटते हुए फोटो खींच ली जाती है जो फेसबुक वगैरह पर शेयर करने के काम आती है। फिर आप लाइक व कमेंट के नोटीफिकेशन वाली टिंग टुंग की आवाज को म्यूट करके सो जाते हैं। सुबह उठते ही पहले काम के तौर पर जब आप फेसबुक खोलते हैं तो......लो....एक सौ सत्तर लाइक और नब्बे कमेंट। रिकार्ड........हो गई धूम धाम।'

मुझे याद आ गया। यही तो हुआ था। यही तो हमेशा होता है। मैं उत्साह से बोला-'यही नहीं अगले दिन असली केक आता है। यार दोस्तों और परिवार के बीच केक काटने का मजा ही और होता है।' फिर उत्साह को कंट्रोल करते हुए मैंने कहा-'लेकिन नहीं नहीं करने के बावजूद भी प्रेम जताने में सब लोग जो थोड़ा थोड़ा करके केक खिलाते चले जाते हैं उससे पेट की बैण्ड बजने लगती है। सत्तर साल की उम्र में ये केक वेक कायदे से हजम तो नहीं ही होता। ऊपर से उस शुभ अवसर पर बनने वाली स्पेशल डिसेज, जो पता नहीं क्यों मेरी पसन्द के नाम पर बना दी जाती हैं, रहा सहा काम भी तमाम कर देती हैं।'

'लेकिन गिफ्ट बटोरने का मजा भी तो आता है।'

'अरे क्या गिफ्ट राय साहब! लोग कृष्ण भगवान की फोटो, गुटका रामायण और गीता वगैरह टिकाते हैं गोया अब मेरी लाइफ में और कुछ है ही नहीं। हां, आपकी भौजाई हर बार एक अच्छी कही जाने वाली टीशर्ट खरीदती हैं।'

                                        एक बूढ़ा बर्थ डे

'अब समझा, काहे तोंद पर कसी और उसके नीचे बेसहारा लटकी टीशर्ट पहने नजर आते हैं। अरे भैया, जब भौजाई टीशर्ट खरीदती हैं तो चाहती हैं कि आप पेट वगैरह नार्मल रख कर स्मार्ट नजर आयें। बेचारी भौजाई, जितना ही आपको स्मार्ट बनाने की कोशिश करती हैं दिन भर टूंग टूंग कर आप आपनी तोंद उतना ही फुला देते हैं।'

'एकदम सही कह रहे हैं राय साहब।' अचानक से 'तूफाने हमदम' हम लोगों के लिये कॉफी लेकर आ गयीं-'इनको तो कुछ समझाना नामुमकिन है भाईसाहब। आप ही कुछ कीजिये।'

राय साहब के पहले मैं ही बोला-'ठीक है, ठीक है। मैं कोशिश तो कर रहा हूं पर पेट कम हो ही नहीं रहा है। धीरे धीरे हो जायेगा। लेकिन आज यह धूमधाम वाले बर्थ डे का टिटिम्भा क्या है? किसका आइडिया है यह? और इस साल क्यों ?'

'सरकार। ये मेरा ही आइडिया है। आप सत्तर पूरा कर रहे हैं। रिटायर हुए दस साल पूरे हो रहे हैं। डायबिटीज नहीं है, हार्ट प्रॉब्लम नहीं है, हेल्थवाइज फिट हैं, सेलीब्रेशन तो बनता है न?'

मैंने कहा-'लेकिन धूमधाम में होगा क्या?'

'वही होगा जो होता है।' वे मुझे घूरती हुई बोलीं।

मैं गड़बड़ा गया-'मेरा मतलब..... मेरा मतलब है मुझे क्या करना है?'

फिर अचानक मुझे फैमिली कण्डक्ट रुल नम्बर तीन याद आया कि जब बीवी कुछ बना कर ले आये तो पहले उस चीज की और बीवी की तारीफ करना जरुरी होता है। उसके बाद ही कोई और बात कायदे से हो सकती है।

मैंने तुरन्त कहा-'कॉफी तो बहुत अच्छी बनी है। क्यों राय साहब?'

राय साहब के पहले ही बीवी ने कहा-'आप को कॉफी पीना है, और कुछ नहीं करना है। और कुछ करने चलेंगे तो सब सत्यानाश कर देंगे।'

'अरे! मेरा ही बर्थ डे है और मैं ही कुछ न करुं? अकेले तुम कितना संभालोगी। थकान हो जायेगी। कुछ तो सहयोग मैं भी कर ही सकता हूं।'

'क्या कर सकते हैं सरकार? मैंने तो आपको कभी कुछ करते देखा नहीं।'

'वाह, वाह, पूरी लाइफ जितने दिमागी काम होते हैं वो कौन करता रहा है? केवल मैं। घर की हर चीज को इंटलेक्चुअल टच देने वाला कौन है?' राय साहब के चुप रहने के इशारे को नजरअन्दाज करते हुए मैं जोर से बोला।

जाते जाते पलट कर उन्होंने मुझे फिर घूरते हुए कहा-'ठीक है। जब आपको कुछ इंटेलेक्चुअल करने का इतना ही मन है तो आप दोनों दोस्त मुझे यह सोच कर बताइये कि केक पर मोमबत्तियां कितनी लगेंगी?'

पता नहीं कब और कहां से मेरे साले साहब भी वहां घुस आये और बोले-'अब मोमबत्तियों की गुंजाइश कहां रह गयी है? जीजा जी की बर्थ डे पर तो पूरी मशाल ही जलवा दो दीदी।'

इसके पहले कि उसकी बेवकूफी भरी बातों पर हमेशा की तरह मेरी एड़ी चोटी जल कर राख होती वह मेरे और राय साहब के पैर छूते हुए बोला-'शाम वाली गाड़ी से लखनऊ जा रहा हूं। सोचा कि अभी ही आपको बर्थ डे विश कह कर काम निबटा दूं। वेरी वेरी हैप्पी बर्थ डे जीजा जी।'

मैं उसे घूर कर ही रह गया। अच्छा ही है जा रहा है.....लखनऊ।

श्रीमती जी बिगड़ कर उससे बोलीं-'तुम चुप रहो।' फिर हम लोगों से मुखातिब हुईं-'आप लोग सोच कर बताइये। यह इंटलेक्चुअल प्रश्न है जिसका उत्तर आप लोग ही खोज सकते हैं।'

अभी हम दोनों दोस्त कुछ समझते, उसके पहले ही वह तूफान की तरह वहां से बाहर हो गयीं और पीछे पीछे उनका भाई।

राय साहब उचटती निगाह से मुझे देखते हुए बोले-'ये क्या सवाल है? और वो भी इंटलेक्चुअल? लेकिन अगर भौजाई बोल रही हैं तो कुछ तो बात जरुर होगी।'

'बात क्या होगी? भौजाई की चमचागिरी छोड़िये और कॉफी पर ध्यान दीजिये। मोमबत्तियां तो जितनी उम्र होती है उतनी लगती हैं। इनकी संख्या आपको बताती है कि आपके इतने साल आपको रोशन करके जा चुके हैं। अब इन्हें फूंक मार कर यानी प्रयासपूर्वक बुझाइये और आगे देखिये। याद रखिये कि आपके लिये तय सालों में से इतने साल जा चुके हैं और अब जो बच रहे हैं वे और अधिक महत्वपूर्ण होते जा रहे हैं।' इतना लेक्चर देने के बाद ध्यान आया-

'लेकिन अभी तक तो हमेशा एक मोमबत्ती ही जला बुझा कर काम हो जाता था। सत्तर मोमबत्ती लगाने चलेंगे तो बर्थ डे नहीं, दीवाली मन जायेगी।'

'एक मोमबत्ती का आइडिया बुरा नहीं है। काम भी आसान हो जाता है।' राय साहब इतमिनान से बोले-'लेकिन इसमें इंटलेक्चुअलिटी क्या है?'

'सोचिये, राय साहब, सोचिये। हमारा सनातन धर्म क्या कहता है। ब्रह्म एक है। सत्य एक है। एकः सद् विप्रा बहुधा संवदन्ति। केक पर लगी मोमबत्ती मुझे एकत्व की याद दिलाती रहेगी जिसमें मुझे आने वाले वर्षों में लीन होना है।'

'वाह भाई वाह। आपने तो भारी फिलॉसफी मार दी। लेकिन अगर ऐसे ही सोचना है तो दो मोमबत्तियां बेहतर रहेंगी। द्वैतवाद की प्रतीक, प्रकृति और पुरुष की धारणा। ब्रह्म एक है लेकिन प्रकट होने के लिये इसे दो रुप लेने पड़ते हैं। एक मैं और दूसरा बाकी सब लोग।'

कहने को हम लोग बचपन के लंगोटिया यार थे पर कभी कभी लगता था कि दुश्मन भी इतनी वाहियात बात नहीं करता होगा जितना ऐसे यार लोग करते हैं। राय साहब जैसे उरट्टू आदमी से तो इसकी बिलकुल भी उम्मीद नहीं थी। लेकिन इस समय उनके मुंह से यह सब सुन कर मैं मुंह बाये उन्हें देखता ही रह गया। क्या उतर आया था आज इनमें?'

लेकिन दोस्त की बात काटना परम कर्तव्य मानते हुए मैंने कहा-'तीन में क्या खराबी है? प्रकृति त्रिगुणात्मक है, सत्व, रज और तमोगुण। इन्हीं तीन गुणों से प्रकृति संचालित होती है जिसका एक हिस्सा हम भी हैं। त्रिदेव-ब्रह्मा, विष्णु, महेश जिनमें सब कुछ सिमटा हुआ है। त्रिकाल-भूत, वर्तमान और भविष्य। तीन मोमबत्तियां इन सब की याद एक साथ दिलायेंगी।

राय साहब की कॉफी खत्म हो गयी थी। कप को मेज पर रखते हुए उन्होंने इधर उधर देखा फिर बोले-'प्रोग्रेस मैन, लेट्स मेक प्रोग्रेस। जब तीन पर आ ही गये हैं तो चार अधिक अच्छा होगा। देखने में भी सुन्दर लगेगा। चार वेद हैं। जीवन की अवस्थायें चार हैं। बचपन, जवानी, बुढ़ापा और फिर परम शान्ति की अवस्था। चार आश्रम-ब्रह्मचर्य, गृहस्थ, वानप्रस्थ और सन्यास। काफी कुछ समाहित है चार में।'

'और पांच के बारे में क्या ख्याल है? पंच महाभूत, पांच ज्ञानेन्द्रियां, पांच

उंगलियां, पंचवटी, पांच महाव्रत......... ।' बीच में ही चुप होकर मैं सोचने लगा कि अगर इसी दिशा में हम लोग चलते रहे तो इसका अन्त आयेगा ही नहीं। राय साहब भी कुछ नहीं बोल रहे थे। शायद उनको भी यह समझ में आ रहा था।

मैंने कहा-'राय साहब, इस तरह तो हम आगे ही बढ़ते जायेंगे और कुछ तय नहीं होगा। हम दूसरे छोर से........ ।'

तभी बाहर से श्रीमती जी की आवाज आयी-'हम लोग ब्यूटी पार्लर जा रहे हैं। उधर से ही सुपरमार्केट और मॉल भी होकर आयेंगे। आपका कुछ लाना तो नहीं है।'

'अरे भाग्यवान। तुम लोगों के जाने के बाद तैयारियां कैसे हो पायेंगी?'

'तैयारियों के लिये ही तो हम लोग जा रहे हैं। आपकी बर्थ डे का ग्रैण्ड सेलीब्रेशन है। हमें तो कायदे से ही तैयार होना होगा। नये कपड़े पहनने होंगे। अब आप लोगों की तरह फटेहाल रहने पर हमारी तो इज्जत ही मिट्टी में मिल जायेगी।'

'ले.....लेकिन बाकी की तैयारी?'

'वो सब हो जायेगी। आप उसकी फिक्र न करें। जो काम आपको सौंपा गया है उसे ही पूरा करके रखिये बस।'

और वे लोग चले गये।

पता नहीं क्यों अचानक मैं खुद को दुनियां की सबसे कूड़ा चीज मानते हुए लुटा पिटा सा वहां बैठा घर के सन्नाटे को महसूस करता रहा जिसमें आज धूमधाम होने वाली थी।

'राय साहब।' मैंने क्रोध, वितृष्णा और उदासी के मिले जुले भावों के साथ राय साहब को देखा-'हम लोग ये बर्थ डे वगैरह मनाते ही क्यों हैं?'

'का होइ गवा भैया? अचानक काहे दिमाग वाला बल्ब फ्यूज होइ गवा?' राय साहब मेरे इस प्रश्न पर प्रतिक्रिया देते हुए बोले-'अबहीं त खुदै कहत रह्यो कि केतना साल बीति गवा, केतना बाकी है, इहै याद.....'

'नहीं भी याद करेंगे तो क्या बदल जायेगा। चलता तो सब कुछ वैसे ही रहता है। आज धूमधाम से मना कर याद कर लेंगे लेकिन कब तक याद रहेगा? दो दिन में ही फिर वापस जैसे का तैसा हो जायेगा।' निराशा मुझ पर हावी हो रही थी।

                                                              एक बूढ़ा बर्थ डे

'ई भौजाई लोगन के जातै तोहैं का होइ गवा? काहे हवा निकली जाइ रही है? होए देव धूमधाम, एकै दिन सही।' अवधी का गुबार निकालने के बाद वे सीधी भाषा में बोले-'ऐसे आयोजनों से जिन्दगी रिफ्रेश हो जाती है। रोज रोज तो वही धक्का परेड ही चलती रहती है। भगवान का शुक्र मनाओ भैया जो तुम्हारे पास तुम्हारे लिये इतना सोचने वाले लोग हैं। नहीं तो........'

'मेरे लिये क्या सोच रहे हैं? मेरे बारे में कौन सोचता है? राय साहब, मैं तो एक खूंटी हूं जिस पर सब लोग अपना अपना हिसाब किताब टांग देते हैं। आप को नये नये कपड़े खरीदने का, पार्लर में चेहरा रगड़वाने वगैरह का एक और बहाना चाहिये तो धूमधाम से मेरा बर्थ डे मनाने का ख्याल आ जायेगा। मैं थोड़े ही कुछ हूं। कुछ नहीं हूं।'

राय साहब सहानुभूति से मुझे देखते रहे-'तौ का होइ गवा? खरीदै के मन ही त ओन्हें खरीदै देओ। अरे, तोहरे बर्थ डे के नाम पर खरीदारी होइ जाई तौ तोहरै आदर सम्मान हौ न? नाहीं त जेकर, जब जौन मन करी, खरिदबै करी।'

कभी कभी राय साहब की अवधी मुझे बहुत चुभने लगती थी। आज वही दिन था। मैंने हाथ जोड़ कर कहा-'राय साहब आज ये अवधी मत चलाइये। अच्छा नहीं लग रहा है।'

'कुछ ज्यादा ही परेशान हो गये हो बाबू। इतना परेशानी की बात लगती तो नहीं है। अभी तक तो ब्रह्म और सनातन धर्म पर टहल रहे थे। उन लोगों के जाते ही क्या हो गया?'

'उन लोगों के जाने या न जाने का कोई मतलब नहीं है। लेकिन कभी कभी कुछ बात ट्रिगर हो जाती है। आप ने सुना ही अपनी भौजाई की बात? उन्होंने आज तक मुझे कुछ करते देखा ही नहीं है। एक पिछड़े शहर के बैकग्राउण्ड से यहां तक हम लोग कैसे पहुँचे हैं? बाल बच्चे देश विदेश कैसे कर रहे हैं? बिना मेरे कुछ किये? असल बात है कि अब, मैं बेकार हो गया हूं, फ्यूज बल्ब की तरह। ठीक है, एक समय में रोशनी किये रहे होंगे, पर अब क्या? गैर की तो बात ही नहीं है अपने ही बहुत जल्दी भूल जाते हैं कि ये आदमी भी कभी काम का था। अपने समय में डैशिंग था। इसी ने उस इमारत की नींव खड़ी की थी जिस पर आज हम इतरा रहे हैं। लेकिन रिटायर होने के बाद प्राथमिकता पर वह सब दिखने लगता है जो नहीं हो पाया। 'क्या कर ही पाये हैं आप?' का जुमला आम

हो जाता है। वही आदमी बुढ़ापे में लायबिलिटी बन जाता है जिसे जिन्दा रहने देने के लिये ये लोग बड़ी मेहनत करते हैं, कुर्बानियां देते हैं।'

'ये सब जुमले हमेशा ही कहे गये हैं बाबू, लेकिन इस उम्र में, जीवन के इस स्टेज में, जब हम चुक गये होते हैं, ये चोट ज्यादा करते हैं। ये हमारे अगल बगल के लोगों की आदत में शुमार होते हैं। इन्हें गम्भीरता से न लेते हुए 'लेट इट गो' कर दिया जाय तो ज्यादा अच्छा है।' वे मुझे देखते हुए बोले-'सच है, अपने समय में हमसे जो भी अच्छे से अच्छा बन पड़ता है करते हैं। समय और जीवन की मांग होती है। फिर समय बदल जाता है। हमारा रोल बदल जाता है। उतनी दम खम और दिमागी ताकत नहीं रह जाती लेकिन जिन्दगी तो होती है। जीना तो होता ही है।'

'क्या जीना होता है राय साहब? और क्यों जीना है? क्या करता हूं मैं? कुछ नहीं। इस जिन्दगी को खींचे जाने का कोई मायने नहीं है।' मैंने उकताये स्वर में कहा। मेरी निराशा कायम थी।

'क्या मायने नहीं है? सर पर छत है। खाने पहनने की कोई किल्लत नहीं है। खुशहाल परिवार है। भौजाई हैं, बच्चे हैं, नाती पोते हैं। नाती पोतों में मन क्यों नहीं लगाते?'

'बच्चों को फुर्सत ही कहां है? उनकी जॉब बड़े शहरों में है। उनकी प्राथमि-कतायें, लाइफ स्टाइल और सोचने का ढंग अलग हो गया है। अगर कभी उन्हीं के भले के लिये कुछ सलाह देने की कोशिश करूं तो वह सलाह उपदेश लगने लगती है, जिसे लेने के लिये वे तैयार नहीं है। जहां तक नाती पोतों का सवाल है, वे लोग चाहते भी नहीं हैं कि मैं उनके बच्चों के मामलों में कोई हस्तक्षेप करूं। उनके पास बच्चों की परवरिश की अपनी गाइडलाइन है जो हम बूढ़ों के पुराने तरीकों से मैच नहीं करती। मुझे उनकी गाइडलाइन पसन्द नहीं है। मुझे उनकी लाइफ स्टाइल पसन्द नहीं है। शायद मैं उसे पसन्द कर भी नहीं पाऊंगा। जन-रेशन कनफ्लिक्ट बच्चों के साथ होने का मजा खत्म कर देता है।'

राय साहब के चेहरे से लग रहा था कि यह बात उन्हें पूरी तरह हजम नहीं हो रही है। वे बोले-''ये कनफ्लिक्ट भी तो हमेशा से है। हम लोग ही अपने बापों की कम ऐसी तैसी किये हैं क्या? लेकिन ठीक है। बच्चों का साथ नहीं पसन्द है तो कुछ समाज सेवा में मन लगाओ बाबू।'

'आप जानते ही हैं कि ये बनावटी चीजें काम नहीं करती हैं।'

'अरे तो क्या करना चाह रहे हैं?'

'अब इस उम्र में कुछ करने लायक नहीं हूं और कुछ करना चाह भी नहीं रहा हूं, यही तो समस्या है न, राय साहब। कुछ नहीं है। अब जिन्दगी कुछ भी नहीं है। जब जिन्दगी का ही कोई मतलब नहीं है तो बर्थ डे की तो ऐसी की तैसी। भाड़ में जाये। मैं तो मनाऊंगा ही नहीं।' मैंने अपने भीतर गुस्से की लहर महसूस की और उठ खड़ा हुआ-'आइये कहीं बाहर चलते हैं। खुली हवा में।'

'कहां चलिहौ.....अरे कहां चलेंगे? घर कौन देखेगा?'

'हैं न, महारानी के बन्दे। उनकी मैनेजमेंट फोर्स। वही देखेगी।'

'लेकिन....' हिचकिचाते राय साहब को पकड़ कर मैंने खड़ा कर दिया और उनका हाथ पकड़े बाहर आ गया। हेल्पर और चौकीदार कम ड्राइवर के 'कहां जा रहे हैं साहब?' के रुटीन सवालों पर कोई ध्यान न देते हुए हम लोग राय साहब की गाड़ी से बाहर सड़क पर आ गये।

'किधर चला जाय?' राय साहब ने पूछा।

मुझे कोई खास जगह समझ में नहीं आ रही थी। बस घर से कहीं बाहर निकलना चाह रहा था। फिर भी निकले हैं तो कहीं न कहीं, किसी न किसी तरफ जाना तो होगा ही।

'चलिये, हम बड़े वाले मॉल चलते हैं।'

'क्या करेंगे मॉल में? कुछ लेना है क्या?' फिर वे धीरे से बोले-'बर्थ डे पर।'

'हां। आपके लिये एक सूट खरीदूंगा।'

उन्होंने अचकचा कर गाड़ी बायें लगाते हुए ब्रेक मारा और हैरत से मेरी ओर देखते हुए बोले-'एकदम्मै पगलाइ गये हौ का? जो जिन्दगी भर सूट नहीं पहना उसके लिये सूट काहे खरीदोगे भैया? हमारा कुर्ता पैजामा भला है। कुछ खरीदना है तो अपने लिये खरीदो, भौजाई या बाल बच्चों के लिये खरीदो। उन्हें भी अच्छा लगेगा।'

'उन लोगों को मेरा खरीदा कुछ पसन्द ही नहीं आता है राय साहब। उन्हें छोड़िये, अभी तो मैं आप के लिये ही कुछ खरीदना चाहता हूं। आप से बढ़ कर

मेरी जिन्दगी में और कौन है? हर जगह, जिन्दगी के हर अच्छे बुरे मोड़ पर आप ही तो हैं जो हमेशा मेरे साथ खड़े मिले हैं। आप की तो गाली में भी इतना प्रेम झलकता है कि.....' पता नहीं क्यों मेरा गला रुंधने लगा।

वे चुपचाप मुझे देखते रहे। काफी देर की चुप्पी के बाद वही बोले-'कहि चुक्यो कि बाकी है और कुछ?'

मैं चुप ही रहा।

वे गाड़ी स्टार्ट करते हुए बोले-'हम त्रिवेणीघाट चलते हैं, संगम क्षेत्र।'

'वहां क्या करना है? ये संगम नहाने का कोई टाइम तो है नहीं।'

'नहाना ही जरुरी नहीं होता है। वहां की ऊर्जा बहुत पॉजिटिव है। उहां कुछ देर शान्ति से बैठिहौ त दिमाग शान्त होइ जाई। आज ढेरै बौराइ गवा है।' उन्होंने मेरी परवाह किये बगैर गाड़ी आगे बढ़ा दी।

✳ ✳ ✳

कुछ बात तो यहां जरुर ही है। नौकरी के दिनों में भी जब घर आना होता था तब से ही हम कुछ दोस्त समय निकाल कर एक दो घण्टा यहां जरुर बैठते थे। बहती गंगा जमुना और इनका मिल कर एक होना शायद कुछ ऐसी ऊर्जा पैदा करता है कि आप इस घटना को होते हुए देखें चाहे न देखें, इस क्षेत्र में होने मात्र से यह आपको जीवन्त कर देती है। आपकी परेशानियां दूर होती लगने लगती हैं। कुछ देर यहां बैठना ही पर्याप्त है। आप नाव में संगम स्थल तक जा भी सकते हैं।

मैं और राय साहब गंगा के बहाव को निहारते पुराने दिनों की याद ताजा कर रहे थे कि मुझे एक परिचित सी लगने वाली महिला वहां दिखी। उसके चलने और बोलने के अन्दाज ने मुझे अचानक पैंतालिस साल पीछे पहुंचा दिया और न चाहते हुए भी मैंने उसे पुकारा-'अरे गंगामाई।'

वह अचकचा कर पीछे मुड़ी तो मैं खड़ा होकर उसकी ओर हाथ हिलाने लगा। राय साहब मुझे पीछे खींचते हुए बोले-'ई का करि रहे हौ? मार खाये के मन होइ गवा है का?'

लेकिन चार कदम मैं आगे बढा और चार कदम वह आगे बढ़ी। उसकी

एक बूढ़ा बर्थ डे

आंखों में कुछ परिचय छलका और उसने कन्फर्म करने वाले टोन में पूछा-'अनार?'

'हां।' मैंने खुशी से कहा-'यहां कैसे?'

'एक मिनट। मैं आती हूं। रुके रहना।' कह कर वह अपने साथियों की तरफ चली गयी।

'ई सब का है? कौन है ये?' राय साहब ने पूछा।

मैंने पैंतालिस साल पीछे से कहा-'मेरे साथ मास्टर्स कर रही थी।'

'अरे, बहुत लड़कियां होंगी मास्टर्स में। सब की सूरत अभी तक याद है?'

'नहीं। सबकी नहीं। सबकी कैसे रहेगी? इसकी याद है क्योंकि हम लोग एक दूसरे से प्रेम करते थे।'

'प्रेम करते थे?' राय साहब ऐसे टोन में बोले जैसे तम्बाकू थूक रहे हों-'तबै से लम्पटई चालू रही।'

'लम्पटई कैसी राय साहब? उस समय तो हम लोग जवान थे। जिन्दगी उफान पर थी। प्रेम प्यार तो समय की मांग थी। हो ही जाता था। हम लोगों में तो सच्चा प्रेम था।'

'अच्छा। सच्चा प्रेम यहां किये और शादी भौजाई से? बड़ा सच्चा प्रेम किहौ भैया? फिल्मी स्टोरी बनाइ दिह्यो।'

'फिल्मी स्टोरी नहीं बन पायी राय साहब।' मैंने गंभीरता से कहा-'आप तो अपनी पीढ़ी को जानते ही हैं। बिरादरी अलग थी। अब क्या कहें कि जब प्रेम होने लगता है तो बिरादरी देख के तो होता नहीं। जब हम लोग घर पर बताये तो पहले तो बाप चाचा और बड़े भाई ने समझाने की कोशिश की, फिर वार्निंग जारी हुई और फाइनली कूट काट के बराबर कर दिये गये। अब फिल्मी स्टोरी तो थी नहीं कि जमाने से लड़ कर दिखा पाते। दो चार बार कुटाने के बाद चुप हो के बैठ गये।'

'ई तोहरे हर लव स्टोरी की एण्डिंग सैडै काहे होती है, अब समझ में आइ गवा है। तब्बै से आदत पड़ी है। एक बात ई बताइ देओ कि तोहार नाम तब अनार रहा का?'

'अरे नहीं। वह प्यार से मुझे अनार कहती थी और मैं प्यार से उसे गंगामाई। मुझे तो उसका असली नाम भूल भी गया है।'

राय साहब के सवालों से आजिज मैंने उसके ग्रुप की ओर देखा तो वह ग्रुप को कुछ समझा कर हम लोगों की ओर आती दिखी। मैंने ध्यान से देखा। शरीर तो उसका उम्र के लिहाज से काफी भर गया था, बाल बेतरतीब ढंग से रंगे हुए थे पर चाल और चेहरे के कुछ पैचों में अभी उस पुराने आकर्षण की झलक बाकी थी।

पास आते आते उसने मुस्कराते हुए कहा-'अच्छी मुलाकात हुई। मास्टर्स के बाद अचानक गायब ही हो गये? यहां क्या कर रहे हो?'

मैंने राय साहब से उसका परिचय कराया तो बोली-'हम लोगों के साथ तो थे नहीं। कब के बचपन के साथी हैं?'

'अरे, ये स्कूल के दिनों के साथी हैं। मास्टर्स के बाद हम लोग एक ही नौकरी में साथ साथ सेलेक्ट हुए। रिटायर होकर यहीं बस गये। तुम यहां क्या कर रही हो?'

उसने अजीब से चाई चुआं कटे बालों को पुराने अन्दाज में पीछे झटक कर कहा-'मेरी भाभी हैं। पाप थोड़ा ज्यादा कर ली थीं तो उसे धोने परिवार सहित संगम नहाने आयी हैं जिससे फिर पाप करने का स्कोप बना रहे।' उसने आंख दबा कर मजाक के टोन वाली बनावटी हंसी पेश की-'मैं भी बेटे से मिलने इन लोगों के साथ आ गयी।'

'तुम्हारा बेटा यहां है? कहां रहता है?'

'एम0एल0एन0 इंजीनियरिंग कॉलेज में।'

'वाह। प्रोफेसर है?'

'नहीं। ऐम्प्लॉयी है। सपोर्टिंग स्टाफ।'

'और हसबैन्ड?'

'हम साथ नहीं रहते हैं।' उसने उचटती सी निगाह राय साहब की ओर डालते हुए कहा।

'ओह माई.....गॉड! क्या सर्विस प्लेस की वजह से?'

'कुछ हद तक। छोड़ो इसे। बताओ मास्टर्स के बाद तुम क्या क्या करते रहे? शादी वादी की?'

मैंने उसे गौर से देखा-'हां। शादी वादी तो हो ही गयी। हमारे अफेयर के लाइट में आने बाद कुटाई पिटाई के कई एपीसोडों के बाद मुझे आई0ए0एस0 की कोचिंग करने के लिये जबरदस्ती, मेरे हिटलर फूफाजी के पास दिल्ली भेज दिया गया। काफी दिनों तक तो मैं तुम्हारी याद में आंसू ही बहाता रहा पर फूफाजी ने जिन्दगी में ऐसा नर्क मचाया कि उनसे छूटने के लिये बहुत मेहनत करके तीसरे साल नौकरी में सेलेक्ट हो गया। सोचा था कि अब आत्म निर्भर हो कर तुमको खोजूंगा और हम दोनों सब को छोड़ छाड़ कर शादी कर लेंगे। लेकिन ट्रेनिंग में जाने के पहले ही, सच कहो तो सेलेक्शन के फौरन बाद ही मुझे घर बुला कर पहले से तयशुदा एक लड़की की फोटो जबरदस्ती मुझसे पसन्द करवा के आनन फानन में शादी कर दी गयी।'

'वाह, वाह, मेरे लल्लू। तुम्हारे जैसे आदमी को तो प्यार व्यार कभी करना ही नहीं चाहिये। प्यार को अंजाम तक ले जाने के लिये कलेजा चाहिये होता है। वह तो तुम्हारे पास है नहीं। जिन्दगी भर मां बाप की गोदी में ही बैठना था तब क्या हूल दे रहे हो कि मुझे खोज कर, सबको छोड़ कर मुझसे शादी करने की सोच रहे थे। तुम्हारे जैसे लल्लू के लिये कौन लड़की तीन साल बैठी रहेगी? जब की बात कर रहे हो तब मेरे एक बच्चा भी हो चुका था।'

बहुत देर से चुप राय साहब अपनी खोपड़ी ठोंकते हुए बोले-'वाह रे लव! वाह रे लव स्टोरी! मैं बेवकूफ समझ रहा था कि लव स्टोरी का सैड एण्ड हो गया।'

उनकी बात को नजर अन्दाज करते हुए मैं आश्चर्य से बोला-'किससे कर ली शादी, इतनी जल्दी?'

'शान्तनु। अपना सीनियर। मुझ पर शुरु से ही निगाह रखता था पर तुम्हारे साथ मेरा टांका भिड़ने के बाद चुपचाप किनारे हो गया था। तुम गये तो वह वापस आ गया।'

'लेकिन वह भी तो बिरादरी वाला नहीं था?'

'सब लोग तुम्हारी तरह कायर थोड़े ही होते हैं। मजबूत कलेजे वाला था।

जब मेरे पीछे जान देने पर उतारु हो गया तो उसके मां बाप ने सरेण्डर कर दिया। शादी हो गयी। हम दोनों ही साथ साथ पीएच0डी0 में एनरोल हो गये और शान्तनु के परिवार के साथ हंसी खुशी रहने लगे। फिर बच्चा आया जो मेरे लिये किस्मत का खजाना था। पीएच0डी0 पूरा होते होते मेरी नौकरी लग गयी। मैं बच्चे को साथ लेकर पोस्टिंग वाले जिले में चली गयी।'

'शान्तनु का क्या हुआ?'

'उसे तीन साल बाद यही नौकरी मिली और वह मेरा जूनियर हो गया। तब तक तो ठीक था जब तक वह अलग जगह पर था पर काफी मेहनत करके उसने साथ रहने के इरादे से अपनी पोस्टिंग भी मेरे साथ ही करा ली। एक बार फिर हम सब साथ रहने लगे। वह अपने मां बाप को भी साथ ही रख रहा था। हमारे एक बच्चा और हो गया था।'

'हैप्पी एण्डिंग?' राय साहब ने पूछा।'

सवाल राय साहब का था पर जवाब उसने मुझे दिया-'नहीं अनार। हो नहीं पाया। मैं उसके मां बाप को अपने बच्चों की परवरिश में हिस्सा नहीं बंटाने देना चाहती थी। मेरी निगाह में वे गंवार लोग थे। वे अपने ही बच्चे की परवरिश ढंग से नहीं कर पाये थे। लेकिन वे लोग हमेशा ही बच्चों के साथ रहते थे क्योंकि मैं भी अपने जॉब के कारण बच्चों को समय नहीं दे पाती थी। मैं चाहती थी कि हमारे बच्चे हाई सोसाइटी में रहें और उन्हीं लोगों में घुलें मिलें। यह उन लोगों के साथ रहते संभव नहीं हो पा रहा था। इसी मामले को लेकर किच किच बढ़ती चली गयी।'

'फिर?'

'फिर फाइनल मूमेंट आ गया। मैंने शान्तनु को साफ कह दिया कि अगर इन लोगों को यहां से नहीं हटाया तो मैं बच्चों को यहां से हटा दूंगी। कहीं से यह बात शान्तनु के पिता ने सुन ली। वे उन दिनों डिप्रेशन में चल रहे थे। उन्हें रह रह कर लगने लगता था कि बुढ़ापे में रिटायरमेंट के बाद उनकी जिन्दगी किसी काम की नहीं रह गयी थी।'

राय साहब ने मुझे गहरी नजर से देखा। मैं नजरें चुराने के अलावा और कुछ कहने करने की स्थिति में नहीं था।

वह कहती रही-'वे एक दिन चुपचाप चले गये। हम दोनों लोग और बच्चे, कोई भी घर पर नहीं था। एक मार्मिक सी चिट्ठी छोड़ कर, जिसमें कोई भी शिकवा शिकायत नहीं थी, वे खामोशी से चले गये। शान्तनु बहुत उछला कूदा, हममें भयानक झगड़े हुए लेकिन मैं उन लोगों को फिर से बुला कर रखने को तैयार नहीं थी। मेरे विचार से उन गंवार लोगों से सही समय पर पीछा छूट गया था।'

अब और आगे इस कहानी को सुनने की कोई इच्छा न होने के कारण मैं चुपचाप बहती हुई गंगा को देखता रहा।

बिना किसी इनीशियेशन के ही वह आगे बोली-'शान्तनु नहीं माना। मेरी चेतावनी के बावजूद भी वह उन लोगों को मना कर वापस लाने के लिये गया। वे लोग तो नहीं आये पर हमारे दिलों में भारी गांठ पड़ गयी। कुछ दिनों की मेहनत के बाद मैंने तबादला ले लिया। बड़ा बच्चा मेरे साथ आने को तैयार नहीं हुआ, इसलिये मैं छोटे बच्चे के साथ नयी जगह पर चली गयी। बस, उसके बाद हम दुबारा नहीं मिले। न उसने मुझे खोजा और न ही मैंने उसे। हम लोगों को एक दूसरे के बारे में कुछ मालूम नहीं है।'

इस औरत की बर्बरता की कहानी सुन कर मैं और राय साहब दोनों सन्नाटे में थे। मैं भगवान का लाख लाख शुक्र मना रहा था कि उसने इस औरत के साथ मुझको फंसने से बचा लिया।

'क्या हो गया तुम लोगों को? मेरी क्रूरता दिख रही है?'

'हां।' मैंने कहा-'तुम्हें उन बूढ़े, तुम सबको प्यार करने वाले, समाज का विरोध झेल कर भी तुम्हारी शादी कराने वाले बुजुर्गों का जरा भी ख्याल नहीं था कि इस उम्र में अपने ही बच्चे से दूर वे कैसे रहेंगे? बुढ़ापे की अपनी परेशानियां होती हैं। मैं आज खुद महसूस कर रहा हूं। क्रूरता क्यों नहीं दिखेगी?'

'दिखेगी ही। तुम भी तो वही पुराने पोंगापंथी लल्लू ही हो। औरत पर सारी गलती की जिम्मेदारी डालने वाले। मेरा दुख किसने समझा? यह समाज ही सड़ा हुआ है। जब तक औरत आपके पैर की जूती बन कर रहे तब तक बड़ी अच्छी है। अपना अलग विचार रख दे तो क्रूर है। तब उसकी खोज खबर कोई नहीं लेगा। मैं भी तो रिटायर हो गयी हूं। मेरे अपने भारी दुख हैं। पर कौन पूछने वाला है?'

मैंने उसे उपेक्षा से देखा पर वह जारी रही-'क्या गलती थी मेरी? बस यही न, कि मैं अपने और शान्तनु के, हमारे बच्चों के लिये अच्छी परवरिश चाहती थी। उसने अपने मां बाप के चक्कर में न केवल मुझे बल्कि अपने बच्चे का भी तिरस्कार किया। मेरी जरा भी कोई कदर हुई कभी? औरत हूं न? कोई वैल्यू नहीं है। मेरा अपना पति भी, जिसने मेरे साथ फेरे लिये थे मुझे छोड़ कर मौज ले रहा है। कभी उसने मेरी खबर लेने की कोशिश की?'

इस औरत से मुझे इतनी नफरत हो रही थी कि कुछ भी बोलने या टीका टिप्पणी करने का कोई मन नहीं हो रहा था।

मैं चुप ही रहा पर राय साहब बड़ी स्पष्ट आवाज में बोले-'देवी जी, जो भी नाम है आपका, आपने राजा शान्तनु और गंगा की कहानी सुनी है क्या?'

'नहीं। क्यों? यह कौन कहानी है? इस समय इस कहानी का क्या मतलब है?' उसका गुस्सा पूर्ववत था।

'मतलब है, भारी मतलब है, तभी कह रहा हूं। हम गंगा के किनारे बैठे हैं। आपको मेरे मित्र गंगामाई बुला रहे हैं और आपके पति का नाम शान्तनु है। कहानी तो यही है पर हजारों साल पुरानी।'

'क्या कहानी है?' उत्सुकता की गुस्से पर विजय हुई।

'आपने महाभारत के बारे में सुना है?'

'हां। सीरियल भी देखा है।'

'तो यह समझिये कि महाभारत की नींव डालने वाला एक राजा शान्तनु था। औरत देखी नहीं कि फिसल पड़ता था चाहे वह राजघराने की हो या मछु- आरिन हो। एक बार गंगा के किनारे शिकार के बहाने घूमते उसकी नजर एक औरत पर पड़ी तो उसके पीछे पीछे घूमता उससे बार बार शादी करने की अनुनय विनय करने लगा। उस औरत गंगा ने राजा से शादी का प्रस्ताव इस शर्त पर स्वीकार कर लिया कि राजा उसके कामों में कोई दखल नहीं देगा। वह चाहे जो करेगी, राजा कुछ नहीं बोलेगा। शादी हो गई और फिर उनका बच्चा हुआ। कहानी कहती है कि गंगा नाम की उस औरत ने बच्चे को गंगा में बहा दिया। शर्त के मुताबिक राजा कुछ नहीं बोला।'

'मैं जानता हूं यह कहानी।' मैंने कहा-'लेकिन ऐसा शापवश किया गया था।'

'भैया, ऐसे समझो कि उस समय के कथाकार राजाओं के ही यहां रहते पलते थे, मध्यकालीन चारणों की तरह। राजा के खिलाफ वे कुछ लिख ही नहीं सकते थे इसलिये राजाओं के कुकर्मों को ढकने के लिये उन्होंने कहानियों में 'शाप' जैसे ट्विस्ट का अविष्कार किया जो वास्तव में कहीं था नहीं, पर कहानी को मनचाही दिशा में मोड़ सकता था।'

'यह तो अजीब सा विचार है आपका? आप पूरा पौराणिक इतिहास ही झुठलाये दे रहे हैं।'

'बिलकुल नहीं। मैं उसे वास्तविकता के धरातल पर परख कर ही कुछ कहना चाहता हूं। क्या कहीं से भी यह बात विश्वसनीय लगती है कि सात महान दैवीय शक्तिशाली राजा जिन्हें 'वसु' कहा गया था, एक ऋषि की गाय चुरा लेंगे। फिर वह ऋषि उन्हें शाप देगा कि तुम लोग पृथ्वी पर जन्म लेकर रहोगे। शाप के रेक्टीफिकेशन में कह दिया जायेगा कि पैदा होते ही तुम्हारी मां तुम्हें नदी में बहा कर मार देगी। कहीं से भी कुछ विश्वसनीय लगता है?'

'नहीं। विश्वसनीय नहीं लगता पर पौराणिक कहानी तो वही है।'

'अब समय है कि हम अपनी पौराणिक कहानियों को उनके वास्तविक रुप में लाकर उनमें निहित तत्वों को बचा लें। वरना तो नयी पीढ़ी में ये गायब हो ही रही हैं। हमारी धरोहर केवल इसलिये समाप्त हो रही है कि हम उन्हें आज की कसौटी पर ला ही नहीं पा रहे हैं।'

'लाइये राय साहब। जरुर ही लाइये। हम सुन रहे हैं। बताइये आप के विचार से क्या था?'

'गंगा ने गंगा में बहा दिया, का सीधा मतलब है उसने उस बच्चे को ठीक अपनी ही तरह बना दिया। जैसे वह चाहती थी वैसे ही उसने बच्चे को रखा। निश्चय ही राजा से दूर।'

'फिर?'

'आखिरी बच्चे के समय राजा से रहा नहीं गया और उसने ऐसा करने से मना किया। दखल दिये जाते ही वह औरत बच्चे और राजा को छोड़ कर हमेशा के लिये चली गयी।'

'हां, फिर?' मैंने कनखियों से गंगामाई के चेहरे पर चढ़ते गुस्से को देखा।

शायद कहानी का मतलब उसकी समझ में आने लगा था।

'यह पौराणिक कहानी है। इसके रंग अलग हैं। पर यह हमेशा दोहराई जाती है। आप यही चाहती थीं न कि आप बच्चों की परवरिश के बहाने या किसी और कारण से चाहे जो करें, उसमें दखल न दिया जाय। दखल हुआ तो पति को छोड़ कर चली गयीं। यकीन मानिये, यहां सवाल आदमी या औरत होने का नहीं है। मूल सवाल है प्रश्नगत शख्स, के ज्यादा बेवकूफ या कम बेवकूफ होने का, क्योंकि हममें से कोई भी परिपूर्ण नहीं होता है और अपनी समझ की सीमाओं में रह कर ही काम करता है। इस हिसाब से हम सभी बेवकूफ हैं पर जहां चार दिमाग लगते हैं, बेवकूफियां कम हो सकती हैं। चार दिमाग हासिल करने के लिये ही परिवार होता है, दोस्त होते हैं। मैं नहीं जानता कि अच्छा भला परिवार छोड़ कर बच्चे की परवरिश के बहाने केवल अपनी ही चलाने का क्या मतलब है? शान्तनु ने अपनी जड़ों को तरजीह दी। आपके जाने के बाद अपने मां बाप को बहुत अनुनय विनय के साथ लाकर अपने साथ ही रखा, जबकि वे लोग हमेशा यही चाहते रहे कि शान्तनु उन्हें छोड़ कर अपने परिवार को ही संभाले। अब परवरिश की बात कर लें। आप क्या परवरिश देना चाहती थीं? अगर मैंने आपकी कहानी सही पकड़ी है तो जो बच्चा शान्तनु और उसके मां बाप के साथ रह गया था, वह आज प्रशासनिक सेवा का सबसे बड़ा अधिकारी है। मेरे साथ मिर्जापुर में प्रोबेशन पर था। उसका नाम भीष्म है?'

'हां। उसका नाम भीष्म है।' वह उत्कण्ठापूर्वक बोली।

राय साहब बिना किसी लाग लपेट के कहते रहे-'और जिसे आप उसके परिवार, उसकी जड़ों से अलग कर के अपने साथ बड़ी ऊंची परवरिश के लिये ले गयीं उसे आपने क्या दिया? बहुत महिलायें परिस्थितिवश या मजबूरीवश अकेले बच्चों की परवरिश करती हैं पर अपनी बडी बेवकूफियां उस पर थोपती नहीं हैं। उन बच्चों का भविष्य अलग हो सकता है। आपके बच्चे का मुझे कुछ पता नहीं कि वह क्या है। चाहेंगे तो एम0एल0एन0 में पता करना कोई कठिन नहीं है। लेकिन आपकी कहानी से जितना आपको जान रहा हूं उसके हिसाब से मेरा अन्दाज है वह पौराणिक वसुओं की तरह कोई चोर उचक्का ही होगा।'

गंगामाई का चेहरा गुस्से, अपमान और बेबसी में लाल हो रहा था पर राय साहब के चेहरे पर कोई शिकन नहीं थी। धीरे धीरे वो हम लोगों को विशेषतः

राय साहब को गालियां देती, मुड़ कर वापस अपने ग्रुप की ओर चली गयी। उसे रोकने या कुछ और बात करने की मेरी कोई इच्छा नहीं हुई।

'देख्यौ भैया? इहै तोहरे लव स्टोरी का फाइनल एण्ड है। भगवान के मत्था नवावौ कि बचि गयो। अच्छी भली तोहरे ऊपर जान छिड़कै वाली भौजाई पर बमकै से कौनो फायदा है का?'

'राय साहब, मैं बहुत शर्मिन्दा हूं। आप सच कहते हैं। संगम की ऊर्जा ने जिन्दगी भर के लिये राह दिखा दी है। यहां कुछ न कुछ बहुत पॉजिटिव मिलता जरुर है। जिन्दगी खुद ही, आपको समेटते हुए ऐसी बड़ी लाइन खींच देती है जिसके सामने आपकी वर्तमान लाइन बहुत छोटी पड़ जाती है।' मैंने आभार में उनका हाथ पकड़ लिया।

'एही संगम पर हमार एक और बात सुनि लेओ।' फिर जैसे लोग उद्धरण देने के लिये संस्कृत का प्रयोग करने लगते हैं वैसे ही राय साहब ने यह बात अवधी छोड़ कर सीधी भाषा में कही-'इस उम्र में हमारी जिन्दगी का कोई मतलब भले ही नजर न आये, पर हम हैं। हम हैं, यही हमारा सबसे बड़ा योगदान है। केवल हमारे होने मात्र से हमारे अपनों के बहुत बहुत संकट टल जाते हैं। बहुत बहुत चमत्कारिक उपलब्धियां हो जाती हैं। जानते हैं क्यों? केवल इसलिये कि चाहे हम नाती पोतों से खेल न पायें, चाहे बच्चे हमें न पूछें, चाहे पत्नी हमेशा लड़ती झगड़ती दिखाई दे, हमारे भीतर की गहराइयों में उनके लिये हमेशा फिक्र होती है, उनके भले के लिये हमेशा दुआ निकलती रहती है। यही हमारा काम है। यही हमारे होने की सार्थकता है। बाबू, तुम बताओ, होता यही है न, कि मैं गलत कह रहा हूं?'

'आज आप कैसे गलत कह सकते हैं महात्मा राय। मैं तो आपके चरणों की धूल के लिये बेताब हो रहा हूं।'

वे मुझे घूरते हुए बोले-'मोमबत्ती कितनी लगेगी?'

मैंने भी उन्हें घूर कर कहा-'ग्यारह।'

'ई कौने हिसाब से?'

'अबहियें समझाइ देई कि बाद में।'

राय साहब हंसने लगे। मेरी अवधी उन्हें कुछ ज्यादा ही मधुर लगती थी।

'देखिये।' मैंने कहा-'इस बारे में अभी तक जो बात हम कर रहे थे उसे अब मैं उलटे तरफ से पकड़ रहा हूं। कितने साल बीत गये ये मेरे लिये बेमानी है। कितने बचे हैं यह महत्वपूर्ण है। क्या पता कितने बचे हैं? मैं एक फार्मूला लगा सकता हूं। मेरे बाबा 78 की उम्र में गये और दादी 81 में। मां 80 में और पिता 84 में। औसत 81 बन रहा है। यानी इस फार्मूले से मेरे पास 11 साल बचते हैं। इसलिये 11 मोमबत्तियां लगा सकता हूं। हर साल एक एक मोमबत्ती कम होती जायेगी। आगे ऊपर वाले की मर्जी।'

'यहां बैठे बैठे कैलकुलेशन कब कर लिये?'

'कैलकुलेशन तो तभी कर लिये थे। बताने ही जा रहे थे कि आपकी भौजाई ने शान्त पानी में पत्थर फेंक कर उथल पुथल मचा दी।

बर्थ डे मना। खूब धूमधाम से मना। राय साहब के अलावा और किसी को खबर नहीं थी कि इस बीच मेरे मन में क्या क्या समंदर उमड़े घुमड़े। मैंने सभी के द्वारा खिलाये गये केक खुशी से खाये। जान गया था कि केक से होने वाली पेट की प्रॉब्लम तो एक दो दिन में खत्म हो जायेगी पर खुशी लम्बे समय तक रहेगी।

रही बात मोमबत्तियों की, तो बिना कोई गणितीय निष्पत्ति बताये मैंने ग्यारह मोमबत्तियां लगाने को कहा जिसे राय साहब की मुस्कराहट के अलावा, बिना किसी एक्शन रिएक्शन और बिना किसी हुज्जत के मान लिया गया।

* * *

 एक बूढ़ा बर्थ डे

लूट कथा

पंचपेड़वा डिपो के सहायक लेखाकार के चेहरे पर ही नहीं बल्कि सारे के सारे शरीर पर उड़ती हुई हवाइयां और निचुड़े हुए खून जैसे जर्द चेहरे को देखते हुए मुझे समझ ही नहीं आया कि इसे हो क्या गया है? उसके बेतरह कांपते पैरों और हकलाती आवाज से यही लग रहा था कि वह जरुर कहीं शैतानों के शैतान ड्रैकुला के रुबरु पड़ गया है।

'म..म...मैं...मैं..मर मर......' काफी देर से वह इसी तरन्नुम में था।

'पहले तुम चुपचाप बैठ जाओ।' मैंने कड़ी आवाज में कहा और अर्दली से उसके लिये ठण्डा पानी और चाय लाने को कहा।

पानी पीकर वह कुछ देर हांफता रहा। फिर कुछ बोलने की कोशिश कर ही रहा था कि मैंने उसे चुप रहने का इशारा किया और सर्व की जा रही चाय पीने को कहा। वह चुपचाप चाय पीने लगा। इसी दौरान कमरे में ऑफिस की बहारे-चमन घुस आयीं जिनका आना मुझे इस समय तो कतई अच्छा नहीं लगा।

ये मेरे पिछले बड़े वाले बॉस की भांजी लगती थीं। जब मेरी पोस्टिंग उन्नाव में थी तभी बड़े वाले बॉस ने इन्हें सहायक लेखाकार के रिक्त पद पर भर्ती करने के लिये मुझ पर बहुत जोर डाला था पर किसी तरह मैं उनकी नाराजगी मोल लेकर भी, इसे टालने में सफल हो गया क्योंकि बॉस की भांजी जैसी महिला को ऑफिस में रखने का रिस्क बहुत भारी होता। लेकिन वे इन्हें गोण्डा में भर्ती कराने में सफल हो गये। पावर में रहते हुए उन्होंने इन्हें लखनऊ ट्रांसफर करके अपने ऑफिस में रख लिया। लेकिन उनके अपने ट्रांसफर के बाद आये नये बॉस ने इन्हें अपनी नियुक्ति के स्थान पर गोण्डा वापस कर दिया। तब तक किस्मत का मारा मैं भी ट्रांसफर होकर यहीं आ गया। वह जानती थी कि मैंने उसकी भर्ती को टाल दिया था और अभी भी उसके काम काज के तरीकों को पसन्द नहीं करता था। मेरे पास भी उसे यहां से हटाने का कोई विकल्प नहीं था इसलिये हम दोनों ही एक दूसरे को बर्दाश्त करते थे।

'इन्हें क्या हो गया सर?' महानगरीय कान्वेन्टों में शिक्षित उसकी हिन्दी ऐसे अंग्रेजी लहजे में होती थी कि यहां के लोगों को जल्दी समझ में ही नहीं आती

थी। फिर भी बहुत से बाबू लोग इसे सेक्सी समझ कर उस पर फिदा रहते थे और बार बार उससे कुछ न कुछ पूछते रहते थे।

बिना कुछ बोले मैंने उसके हाथ में पकड़ी हुई फाइल को लेकर उसे देखना शुरु किया। उसने फिर पूछा-'इन्हें क्या हो गया है सर?'

'मैं...मैं..' लेखाकार कुछ बोलना ही चाहते थे कि मेरी निगाह देखकर चुप हो गये। वह भी मेरी ओर मुखातिब हो गयी-'पंचपेड़वा के अलावा बाकी सारे डिपो की बैंक टैली शीट आ गयी है। इन्हें भेज दिया जाये या पंचपेड़वा का इन्तजार करें?'

'भेज दिया जाय।' मैंने फाइल पर दस्तखत करते हुए कहा।

'और डिपो की फायर सेफटी के बजट पर डिस्कशन करना था सर।'

'मैं अभी बुला लूंगा।' उसे जाने का इशारा करते हुए मैं गश खाये हुए डिपो लेखाकार की ओर मुखतिब हो गया। वह थोड़ा ठिठकी ज़रूर पर धीरे धीरे बाहर चली गयी।

'इधर आकर मेरे सामने बैठो और धीरे धीरे इतमिनान से बताओ कि क्या हो गया है?' मैंने उससे कहा और अर्दली को कहा कि किसी को अभी भीतर न आने दे।

मरी हुई चाल से सरकते वह मेरे सामने की कुर्सी पर भहरा गया। कुछ देर नीचे रखे हुए अपने फटे पुराने बैग में कुछ तलाश करने की कोशिश करता रहा फिर सीधे होकर गला साफ करने के लिये जोर जोर से खंखारते अजीब सी भूतों वाली आवाज में बोला-'आपने मुझे पंचपेड़वा डिपो की कैशबुक को इलाहाबाद बैंक के एम0डी0 खाते से टैली कराने का आदेश किया था।'

'हां।'

'मैं पिछले चार पांच दिनों से इस काम में लगा था।' उसके चेहरे पर अति-रिक्त पसीना छलकने लगा था।

'अच्छा। क्या हो गया है उसमें?'

उसने लरजती सी आवाज में कहा-'कुछ है ही नहीं सर। मैं और बैंक मैनेजर खोज रहे हैं। सारे रिकॉर्ड छान डाले हैं सर, पर कुछ है ही नहीं।'

'क्या मतलब कुछ है ही नहीं? क्या नहीं है?' मैंने उसकी हालत देखते हुए नरमी से पूछा।

'कोई पैसा बैंक में जमा ही नहीं है।'

'जमा ही नहीं है?' पहली बार मुझे आश्चर्य हुआ-'डिपो वाले क्या कर रहे हैं?'

'सर, डिपो अफसर तो जी0एम0 साहब के रिश्तेदार हैं। केवल नीलामी के दिनों में आते हैं और अपना हिसाब किताब करके चले जाते हैं। पूरा डिपो पिछले सहायक लेखाकार के भरोसे ही चलता था जिसका आपने ट्रांसफर करवा के उसे अवमुक्त भी कर दिया। वही इस बारे में कुछ बता सकता है। साहब, मुझे तो इस डिपो में मत भेजिये। मैं मर जाऊंगा।' इस बार वह कुछ स्थिर हो रहा था।

'मुझे कुछ कुछ लगा कि यहां गड़बड़ हो रही है। तभी उसे हटाया। लेकिन तुम काहे इतना हरहरा रहे हो। क्यों मर जाओगे? तुम तो गड़बड़ को सामने ला रहे हो। गड़बडी को पकड़ने वाला क्यों डरे?'

'आप तो सिस्टम को जान ही रहे हैं सर। यहां कोई अकेला तो डूबता नहीं है। सभी लोगों के लिंक जुड़े होते हैं। एक छोटा सा भी मामला उभरते ही पावर गेम शुरु हो जाता है और यह तो बहुत ही बड़ा मामला है।'

'अरे कितना बड़ा मामला हो गया है। झूठ मूठ की हवाई मत उड़ाओ। एक अकेले डिपो में कितना बड़ा घोटाला हो जायेगा? साल भर में पूरे डिवीजन में पांच सात लाख की ही तो बिक्री होती है।'

'सर, जितना हम अभी तक देख पाये हैं, केवल इस साल आठ लाख का घोटाला है। जैसे जैसे पीछे जा रहे हैं यह बढ़ता ही जा रहा है। इतने बड़े मामले में हम सब ही मारे जायेंगे। कोई नहीं बच पायेगा सर, कोई भी नहीं बच पायेगा।' वह वापस अपने हाहाकारी रुप में आने लगा।

इसी समय फोन की घण्टी बजी। ऑफिस एक्सटेंशन ने बताया कि लखनऊ से प्रशासक का फोन है। सत्तारुढ़ राजनैतिक पार्टियां जिन लोगों को उप मंत्री तक नहीं बना पाती थीं उन्हें अलग अलग निकायों में खाने कमाने के लिये प्रशासक के तौर पर भेज देती थीं। प्रायः ये बहुत ही निम्न बुद्धि के बदतु- मीज नेता होते थे। मन ही मन उसे गालियां देते हुए मैंने फोन उठा कर 'हैलो सर' कहा।

उधर से आने वाली गालियां कच्ची और सच्ची थीं। गालियों के बाद सवाल हुआ-'मैंने पहले ही कहा था कि पंचपेड़वा के डिपो लेखाकार का ट्रांसफर कैंसिल करके उसे वापस ज्वाइन कराओ। क्यों नहीं हुआ ये काम अभी तक?'

'सर, उसका ट्रांसफर एम0डी0 के स्तर से हुआ है। मैंने पहले ही आपको बताया था कि मैं इसे कैंसिल नहीं कर सकता।'

'तुम्हारे और तुम्हारे एम0डी0 की तो मां की....। तुम्हें कौन से चुन्ने काट रहे थे जो आनन फानन में उसको रिलीव कर दिया।'

'सर, मैंने तो आदेश का पालन ही किया है। चौबीस घण्टों के भीतर रिलीव करने का आदेश था।

'अब आदेश वादेश तो अपनी ..... में डाल लो। एम0डी0 ने आदेश कैंसिल कर दिया है। शुक्ला जी को भेज रहा हूं। आज ही इन्हें वापस पंचपेड़वा में ज्वाइन कराओ।'

'आदेश यहां आ जाने दीजिये सर, तब इन्हें भेजिये।'

इसके बाद तो गालियों और धमकियों का जो सिलसिला शुरु हुआ वह पांच सात मिनट तक चला और मुझे अपने पुरखों की सेक्सुअल हरकतों के बारे में काफी कुछ ज्ञान मिल गया। यह भी पता चल गया कि मेरी जिन्दगी के दिन अब थोड़े ही रह गये हैं जिसमें मुझे अपने गुप्त अंगों को काफी संभाल कर रखना है।

बर्दाश्त की सीमा पार करते करते मेरा भी दिमाग खराब होने लगा। जैसे ही वह सांस लेने के लिये रुके, मैंने कहा-'आई विश एक्जैक्टली द सेम फॉर यू सर।'

एक पल के सन्नाटे के बाद उधर से आती 'क्या बोला....क्या बोला तू हरामजा....' की आवाजों को इग्नोर करते हुए मैंने फोन काट दिया और ऑफिस से फोन का मेन इन्स्टूमेंट मंगा कर अपने पास रखते हुए उसका तार निकाल कर उसे डिस्कनेक्ट कर दिया। अब मैं फालतू के फोन की झण्झटों से फिलहाल मुक्त था।

सर झटक कर इन सब वाहियात बातों को बाहर करते हुए मैंने असली समस्या पर ध्यान वापस किया-'कैशबुक लिखी गयी है?'

86

'हां सर।'

'तो ये घोटाला कैसे किया गया?'

'जहां तक हम समझ सके हैं शुक्ला ने बैंक से डिपॉजिट स्लिप की गड्डी ले ली। हम सब ही लेते हैं। लेकिन उसने बैंक की मुहर भी बनवा ली और बैंक ड्राफ्टों को वास्तव में न जमा करके डिपॉजिट स्लिप पर बैंक कर्मी के फर्जी हस्ताक्षर से की गयी रिसीविंग व मुहर लगे फर्जी अधपन्नों को कैशबुक में ले लिया। इस तरह एक एक बैंक ड्राफ्ट को कई कई बार जमा दिखाया गया है। बाकी तो गहन जांच के बाद ही पता लगेगा।'

'गहन जांच कौन करेगा?'

'कोई भी करे सर, अब हम तो गये ही गये। हम तो सांप छछूंदर की दशा में आ गये हैं। न निगल सकते हैं और न ही उगल सकते हैं।'

इसके लगातार निराशावादी रुख से परेशान होकर मैंने ऑफिस के बड़े बाबू को बुलाया और यह मामला समझ कर अगले एक्शन के लिये मुझे ब्रीफ करने को कहा। उसने बहारे-चमन को भी साथ रखने की दरख्वास्त की क्योंकि यह मामला पूरी तरह एकाउण्ट शाखा से ही सम्बन्धित था। मैंने इसे उसकी लम्पटता समझते हुए भी अनुमति दे दी और लंच के लिये उठ गया। जब महिलाओं को नौकरी करना ही है तो उन्हें कितना अलग रखा जा सकता है।

लंच के लिये आवास पर पहुंचते ही मैंने शुक्ला को वहां अपना इन्तजार करते पाया। उस के चक्कर में प्रशासक से गालियां सुनने के बाद मुझे उस पर इतना ज्यादा गुस्सा आया हुआ था कि मैंने कुत्तों से भी बदतर तरीके से उसे दुत्कारते और गाली देते हुए यहां से भाग जाने को कहा और भीतर चला गया। मेरा व्यवहार उसके साथ इतना गन्दा था जितना मैंने कभी किसी के साथ नहीं किया था। कुछ देर बाद मुझे इसके लिये थोड़ा मोड़ा पछतावा भी होने लगा। किसी भी इन्सान के साथ ऐसा करना कहीं से भी अच्छा नहीं लग रहा था।

यही सब सोचते जब लंच के बाद हमेशा की तरह थोड़ा चहलकदमी के लिये मैं बाहर आया तो उसे चुपचाप सीढ़ियों पर बैठा पाया। मुझे देखते ही वह बिना कुछ बोले हाथ जोड़ कर नजरें झुकाए खड़ा हो गया।

'तुम मेरे खिलाफ प्रशासक के पास चले गये? क्या लगता है, वह मुझे

गाली देगा तो तुम्हारा भला हो जायेगा ?'

'मैं नहीं गया साहब। मैं कहीं नहीं गया।'

'झूठ। कितना झूठ बोलोगे? कितनी चोरी चकारी करोगे? तुमको क्या लगता है, रामनामी कुर्ता पहन कर और गमछा ओढ़ कर, लम्बा तिलक लगा के और स्वामी गड़बड़ानन्द के प्रवचन की किताबें बांट कर कुछ भी कर सकते हो? चोर, चोर की तरह रहे तो आसानी से बर्दाश्त हो जाता है लेकिन ऐसे छद्म वेश में चोरी तो असहनीय है।'

'मैं कसम खा कर कह रहा हूं साहब, मैं झूठ नहीं बोल रहा हूं। मैं चोर भी नहीं हूं।'

'कसम तो महाझूठे लोग खाते हैं शुक्ला। तुम्हारा तो अब कोई भरोसा ही नहीं रह गया है। शुरु शुरु में जब भी किसी ने तुम्हारी शिकायत की, मैंने तुम्हें प्रोटेक्ट किया। किसी की बात पर भरोसा नहीं किया। लेकिन तुमने क्या किया? धोखा? मुझसे ही कमीनापन दिखाया।'

वह हाथ जोड़े जोड़े वहीं जमीन पर मेरे आगे घुटनों के बल बैठ गया-'मुझे एक मौका दे दीजिये। केवल एक बार मेरी बात सुन लीजिये।'

'मेरे साथ ऑफिस चलो। वहीं सबके सामने कहो, जो भी कहना है।'

'आप की आज्ञा सिर माथे। मैं चलूंगा। सबके सामने कहूंगा लेकिन सर, पहले एक बार, केवल एक बार, आप सुन लीजिये। दस पंद्रह मिनट ही तो लगेंगे। एक मौका दे दीजिये सर।'

कुछ देर मैंने उसको एकटक देखा फिर बोला-'आओ।'

लॉन के प्रवेश द्वार पर ही नीम के नीचे रखी लॉन चेयर्स में से एक पर बैठ कर मैंने उसको सामने वाली चेयर पर बैठने का इशारा किया।

'मैं प्रशासक के पास नहीं गया था सर।'

'फिर उसने तुम्हारे काम के लिये मुझको गालियां क्यों दी?'

'सही सही तो कह नहीं सकता सर, लेकिन अन्दाजा यह है कि मैं इस महीने उसका हिस्सा पहुंचा नहीं पाया। उसके पूछने पर मैंने यही बताया कि मेरा ट्रां- स्फर कर दिया गया है और मैं रिलीव भी हो चुका हूं, इसलिये उसकी भेंट पूजा

अब मेरे बस में नहीं थी।'

'इसका क्या मतलब है? भेंट पूजा तो जो तुम्हारी जगह पर आता वही करता। तुमको ही रोकने पर इतना जोर क्यों?'

'मेरी जगह आने वाला मेरे जैसी भेंट पूजा नहीं कर सकता है सर। वह जो भी करेगा वह नार्मल टाइप का होगा। मेरे समय में चोरी की एक दूसरी तकनीक विकसित हुई। इसकी जानकारी सबको नहीं है। इससे ज्यादा पैसा मिलने लगा। ऊपर के लोग खुश रहने लगे।'

'एक ही बैंक ड्राफ्ट को कई कई बार जमा करने की तकनीक? फर्जी डिपॉजिट स्लिप के जरिये?'

'हां सर।' उसने कोई आश्चर्य दिखाये बगैर कहा-'नये डिपो लेखाकार ने आपको बताया होगा। लेकिन यह राइवलरी मात्र है। इस बात को खोज कर उजागर करने का क्या फायदा है साहब? सीधी बात तो यह होती कि वे अपनी नयी कैशबुक खोल कर अपने ढंग से काम शुरु कर देते। अपने समय के हर काम के लिये मैं जिम्मेदार होता।'

मैंने उसे घूर कर देखा-'ऐसा होता है क्या? तुम भी तो काफी दिनों से इस नौकरी में हो। जब नया आदमी काम का चार्ज लेता है तो आगे पीछे सब की जिम्मेदारी उसकी ही हो जाती है।'

'सच है सर। लेकिन मैंने अभी अपना कार्यभार नये लेखाकार को सौंपा ही कहां है? जब तक नहीं सौंपता तब तक तो मेरी ही जिम्मेदारी है। अगर अभी इसे टाल दिया जाता तो शायद संकट न आता। मेरा मतलब है कि यह सब दस साल से तो नहीं पकड़ा गया। अभी भी पड़ा रहता। गये दिनों की बात हो जाती। अगर बहुत ही बदकिस्मती से यह सामने आ भी जाता तो भी नये लेखाकार ने यह किया तो नहीं था। केवल इतना ही आरोप उस पर लगता कि वह इसे पकड़ नहीं पाया। यह तो हल्का ही होता न सर?'

'तुम दस साल से ऐसा कर रहे हो?' हैरत से मैंने पूछा।

'मैं कर नहीं रहा हूं सर। मुझसे कराया जा रहा है।'

'कौन करा रहा है?'

'करा तो समय रहा है सर।' उसने निःश्वास छोड़ते हुए कहा-' लेकिन

इसकी शुरुआत वर्तमान एम०डी० साहब ने करायी थी।'

मेरी आंखों में अविश्वास देखते ही वह आगे बोला–'तब वे इस क्षेत्र में आर०एम० थे। यह तकनीक उन्होंने ही मुझे समझाई।'

'क्यों? उन्हें क्या जरुरत पड़ गयी।'

'जरुरत मुझे पड़ी थी सर। अपनी बहन की शादी के लिये मैंने एक ठेकेदार से कैश लेकर लॉट की निकासी दिलवा दी थी। सोचा था कि अगले महीने की सेलेरी और कमीशन से इस धनराशि का ड्राफ्ट बनवा कर जमा कर दूंगा पर मेरी बदकिस्मती से यह मामला तुरन्त ही पकड़ गया। नौकरी बचाने के लिये मैंने आर०एम० साहब की शरण ली तो उन्होंने मुझे बचाने के लिये दो लाख रुपये मांगे।' उसने मेरी ओर देखा।

'हां। सुन रहा हूं।' मैंने सपाट स्वर में कहा।

'सर, मैं एकदम सच कह रहा हूं। मैंने उनके आगे अपना रोना रोया कि मेरे स्तर का कर्मचारी इतनी बड़ी रकम कहां से लायेगा तो उन्होंने ही बताया कि मैं कुबेर के खजाने पर बैठा था। उन्होंने ही यह तरकीब मुझे बतायी। मैं बहुत डरा हुआ था पर उन्होंने कहा कि जब तक वे यहां हैं तब तक मुझे बचाये रहेंगे। मुझे उनके होते डरने की कोई बात ही नहीं है।'

'फिर?'

'फिर मैंने डरते डरते अपने बहुत ही विश्वसनीय ठेकेदार के साथ मिल कर यह काम शुरु किया। इसमें ठेकेदार को भी उतना ही फायदा था जितना मुझे, इसलिये यह सिस्टम चल निकला।'

'ऐसा उन्होंने हर डिपो के साथ किया?'

'नहीं सर। केवल बड़े टर्न ओवर वाले डिपो में। हमारे क्षेत्र में केवल मेरे ही डिपो में। उनका कहना था कि छोटे मोटे जगहों से माल कम मिलेगा और इस सिस्टम के एक्सपोज होने का खतरा ज्यादा होगा।'

'फिर क्या हुआ?'

'समय बीतने के साथ साथ दूसरे ठेकेदारों को भी इसकी भनक लग गयी और मेरे ऊपर उन्हें भी यह सहूलियत देने का दबाव बढ़ने लगा। मुझे न चाहते हुए भी करना पड़ा। कमाई बढ़ती ही गयी और मैं गले गले तक इस दलदल में

फंसता चला गया।'

'फंस क्या गये? अवैध रुप से पैसा खींच कर मौज मारते रहे। फंसने की क्या बात थी?'

'सर।' उसने हाथ जोड़ कर कहा-'सच है कि शुरु शुरु में मजा आया। पर जैसे जैसे यह फैलता गया यह मुझको समाप्त करता गया। खुद को स्थापित रखने के लिये अपने अफसरों को तो पैसा देना ही था, ठेकेदारों की आपसी रंजिश में यह बात, एक समय इस क्षेत्र के भारी गुण्डे और डकैत रहे, वर्तमान विधायक जी तक पहुंच गयी। उनके गुण्डे मुझसे वसूली करने लगे। मैं सबको सन्तुष्ट करने की स्थिति में नहीं था। सभी को लगता था कि मैं उससे बेइमानी कर रहा हूं। कई बार मुझे मारा पीटा गया। मेरी अपनी बचत कम से कम होते होते जीरो हो गयी पर दबाव सौ गुना बढ़ गया।'

'तुमको कभी ऐसा नहीं लगा कि जिस संगठन से तुम्हारी रोजी रोटी है, पहचान है, आस्तित्व है, जिससे हजारों लोगों की रोजी रोटी चल रही है, उसके प्रति भी कोई दायित्व है? पूरी ईमानदारी से काम करने की बात कहने की मेरी औकात नहीं है लेकिन यह तो कहूंगा ही जिस डाल पर बैठे हैं उसे काटना कोई समझदारी तो है नहीं। कुछ तो ईमान होना ही चाहिये।'

उसने कुछ देर तक एकटक मेरी आखों में सीधे देखा-'मैं तो ईमानदारी से ही काम कर रहा था सर। पर क्या आप यही बात उन लोगों से पूछने की हिम्मत कर सकते हैं जिन्होंने अपने फायदे के लिये मुझे बेइमानी पर मजबूर किया, जिन्होंने मुझे बेइमानी सिखाई, जो यह सिस्टम पता चलने पर मुझे रोकने के बजाय मेरी बेइमानी में हिस्सा बंटाते रहे। वे तो मुझ जैसे मामूली सहायक लेखाकार से कहीं बहुत ही बड़े लोग हैं। उन्होंने ईमानदारी के बारे में, संगठन के बारे में क्यों नहीं सोचा सर? उन्होंने मुझे क्यों इस नापाक काम में फंसाया? यह सिस्टम क्यों नहीं रोका?'

'यह सब कह कर तुम अपनी जिम्मेदारी से बरी कैसे हो सकते हो?'

'मैं यह सब कहूं या न कहूं मैं अपनी जिम्मेदारी से कभी बरी नहीं हो सकता हूं। यह मामला खुल रहा है। आप को क्या लगता है सर? मेरे अलावा कोई और भी सजा पायेगा क्या? मैं शुरु से ही जानता था कि बलि तो मेरी ही चढ़नी

है। ऊपर के लोग सारी डकैती कर के भी अपने पैसे और स्टेटस के प्रभाव से इससे बरी रहेंगे। फिर कोई और बलि का बकरा फांसेंगे। इसीलिये अपने यहां भ्रष्टाचार मिटने की कोई संभावना नहीं है सर। हम जैसे लोग तो मुर्गियों की तरह हैं जिनसे अण्डा लेते रहो। जब अण्डा देने की क्षमता खत्म हो जाये तो मार कर खा लो। दूसरी मुर्गी ले आओ। अपना सिस्टम तो यही है न, सर?'

'तुम भी अच्छी तरह जानते हो शुक्ला कि तुम केवल लफ्फाजी कर रहे हो। गलती तो पूरी तुम्हारी है। फायदा भी तुमने ही उठाया है लेकिन सजा तो बहुत बहुत लोग भुगतेंगे। इस डिवीजन में पिछले दस सालों में तैनात रहे सारे लेखाकार और विक्रय प्रभारी, इसी तरह आर0एम0 आफिस में पिछले दस सालों में रहे लेखाकार और प्रधान लेखाकार, तुम्हारे डिपो पर तुम्हारे छुट्टी आदि के समय काम देखने वाले सारे डिपो लेखाकार, कितने डिपो अफसर जो तुम्हारे इस दस साल के कार्यकाल में आये गये, मेरे और मेरे पहले के डिवीजनल मैनेजर, ये लोग तो इस मामले में निर्दोष होते हुए भी सजा भुगतेंगे और सब की आह तुम्हारी गर्दन पर होगी। किस किस नर्क में जाओगे। वहां लफ्फाजियों से काम नहीं चल पायेगा।'

'इसीलिये मैं हाथ जोड़ कर निवेदन करने आया था कि इसे टाल दीजिये सर। मामला अभी टल गया तो शायद कभी न खुले। अगर टल नहीं सकता हो तो मुझे इसको संभालने दीजिये। मैं इसको संभाल सकता हूं जिससे सब लोग भारी सजाओं से बच सकें और मेरी इस कच्ची गृहस्थी में मेरी जान बच सके।'

'तुम्हारी जान को क्या हो रहा है?' मैंने आश्चर्य से पूछा।

'मैंने बहुत बहुत बड़े आदमियों को पैसे पहुंचाये हैं सर। लम्बे समय से पहुंचाता रहा हूं। इसी में मुझे उन लोगों के कुछ दूसरे लिंक और खातों वगैरह की जानकारी भी हो गयी थी। अब मैं पोटेंशियल गवाह हूं। अगर मामला उभरा तो सभी को यह आशंका होगी कि उसकी पोल पट्टी मुझसे उगलवा ली जायेगी। कोई और चारा ही नहीं है सर। लोगों ने मुझे संदेश भिजवाये हैं। अगर मामला उठा तो मैं तो पुलिस के हत्थे चढ़ने के पहले ही निबटा दिया जाऊंगा। मैं कहीं भाग नहीं सकता। जैसे मुझे उनकी जानकारी है, वैसे ही उन्हें मेरे हर ठौर ठिकाने की जानकारी है।'

बातचीत का यह दौर आते आते मेरा दिमाग पंचर होने के कगार पर आ

गया। सरकारी धन के सीधे सीधे गबन का मामला था जो सिस्टम की कमजोरी और मेरी मानवीय भावनाओं की वजह से जटिल लग रहा था। गलती चाहे जिसकी और जैसे भी हुई, इससे एक आदमी की तत्काल मौत और लगभग बीस पचीस आदमियों की आजीविका संकट से उनकी धीमी मौत सामने दिख रही थी। मुझे पता नहीं था कि इस करप्ट सिस्टम में मैं भी अपना कितना बचाव कर पाऊंगा।

अर्दली ने आकर बताया-'बड़े बाबू आना चाह रहे हैं। लॉगिंग कार्यालय में एम0डी0 साहब का फोन आया है। आप से बात करना चाह रहे हैं।'

'मैं ऑफिस ही आ रहा हूं।' मैंने उठते हुए शुक्ला से कहा-'शुक्ला, जब तक इस मामले पर कोई निर्णय नहीं हो जाता तुम शहर में ही रहना।'

मैंने घर से फोन में लगने वाला वॉइस रिकॉर्डर उठाया और ऑफिस आ गया। ऑफिस में बड़े बाबू ने बताया-'हमारा फोन लग नहीं रहा था इसलिये एम0डी0 साहब ने लॉगिंग आफिस में फोन किया। कोई फैक्स भी भेजा है और आपसे बात करने को कहा है।' कुछ रुक कर उसने पूछा-'हमारे फोन में क्या हो गया साहब? उसे तो आपने अपने कमरे में मंगवाया था।'

'कुछ नहीं। मैं अभी बात कर लेता हूं।'

फोन के तार जोड़ कर मैंने एम0डी0 आफिस मिलाया। कुछ गुटरगूं के बाद एम0डी0 लाइन पर आये-'क्या हो गया तुम्हारे फोन को? एक फोन भी ठीक नहीं रख सकते हो?'

शुक्ला की बातें सुनने के बाद ऐसे बॉस से अदब से बात करना तो मुश्किल ही लग रहा था और दिल में नफरत की लहर उठ रही थी पर खुद को संभालते हुए मैं बोला-'लाइन डेड हो गयी थी सर। एक्सचेंज वाले अभी अभी ठीक करके गये हैं।'

'अच्छा सुनो। मैंने शुक्ला का ट्रांसफर रोक दिया है। फैक्स लॉगिंग ऑफिस करवा दिया था। मंगवा लो और उसे रिलीव मत करो।'

'सर।' थोड़ा रुक कर मैंने कहा-'उसे तो मैंने पहले ही रिलीव कर दिया था।'

'क्यों? किसने कहा था इतनी जल्दी रिलीव करने को?' वह बिगड़े।

'आपने।'

'दिमाग खराब हो गया है तुम्हारा? मैंने कब कहा था?'

'आपके आदेश में साफ साफ लिखा था सर, कि इन्हें चौबीस घण्टों के अन्दर रिलीव कर दिया जाये।'

'अरे आदेश में तो रुटीन भाषा लिखी ही जाती है।'

'मुझे नहीं मालूम था कि यह रुटीन भाषा है और रुटीन भाषा में लिखे हुए कामों को करने की जरुरत नहीं होती है।'

कुछ देर के सन्नाटे से लगा कि वह अपना गुस्सा कंट्रोल कर रहे हैं-'देखो, फालतू की बहस तो करो मत। उसे वहां रोकना है।'

'जब रोकना ही था तो ट्रांसफर करने की जरुरत ही क्या थी सर?' मैंने सप्रयास बड़ी मीठी आवाज में कहा पर कंट्रोल किया गया गुस्सा बगूले की तरह फूटा। उधर से लगातार आने वाली गालियों और डांट के बाद मैंने यही कहा- 'अब तो नये सिरे से उसका ट्रांसफर करना पड़ेगा सर।'

'ट्रांसफर तुम्हारा सर। चुपचाप जो कहा जा रहा है वह करो वरना ऐसा टांगूंगा कि कहीं रास्ता नहीं मिलेगा।'

'सर, मैं केवल दो बातें कहना चाहता हूं।' मैंने अपनी आवाज में चाशनी घोलते हुए कहा-'अब आप चाहें तो ट्रांसफर पॉलिसी के तहत उसका फ्रेश ट्रांसफर मेरे डिवीजन में कर सकते हैं। उसे कहां या किस डिपो में भेजना है यह तय करने का अधिकार मेरा है, और सर, दूसरी बात यह है कि आज सवेरे आपके उस प्रशासक की गालियां सुनने के बाद मैंने इस फोन में रिकॉर्डर लगवा लिया है और हम लोगों की यह बातचीत रिकॉर्ड हो रही है।'

'क्या? क्या कहा?' अचानक उधर से फोन कट गया।

फैक्स लेकर बड़े बाबू ने कमरे में प्रवेश किया और अदब पेश करते हुए दोनों हाथों से मेरे सामने टेबिल पर रखा। एक क्षण उस पर निगाह डाल कर मैंने उस फैक्स को खारिज करते हुए पूछा-'क्या समझ में आया पंचपेड़वा के मामले में?'

'बहुत खतरनाक स्थिति बन रही है सर। कल हम सभी बैंक जा कर मिलान करने की सोच रहे हैं।'

'कभी पहले आप लोगों की जानकारी में ऐसा कोई मामला आया था क्या?'

'बिलकुल नहीं सर। ऐसा तो कभी सुना ही नहीं गया। यह तो आत्महत्या जैसा काम है।'

'जो एक सहायक लेखाकार दस सालों से कर रहा था और इतने बड़े तंत्र में किसी को उस पर शक तक नहीं हुआ।'

'उसने कुछ बताया क्या सर?'

'हां। बताया। यही सब बताया। सच है। ऐसे ही हुआ है।'

बड़े बाबू का सिर सनसनाने लगा। उन्होंने सहारे के लिये कुर्सी की पुश्त पकड़ ली। मानो उनकी सनसनाहट शेयर करने के लिये बहारे चमन भी कमरे में आ कर सनसनाने लगीं। मैंने उन दोनों को बैठने का इशारा किया।

'दस साल.... दस साल से...' वे बुदबुदाये-'कितना भारी अमाउण्ट हो गया होगा?'

'जब आजकल की मुफलिसी के दिनों में यह आठ लाख बताया जा रहा है तो दस सालों में एक डेढ़ करोड़ से ऊपर ही होगा।'

बड़े बाबू को गश आने लगा-'इतने भारी मामले में तो हम सब ही नप जायेंगे। शासन तो एम0डी0 ऑफिस को भी नहीं छोड़ेगा। यहां का डिवीजन ही बन्द हो जायेगा। सब पर पुलिस केस होगा और हममें से अधिकांश लोग जेल जायेंगे।'

'अभी तक आप लोग क्या सोच कर निश्चिन्त बैठे थे? कोई उपाय खोजने की ओर ध्यान नहीं गया?'

इस बार बहारे चमन बोलीं-'सर, हम लोग तो सोच रहे थे कि मिलान करने में कहीं कोई गलती हो रही है। हम खुद कल बैंक जा कर कोशिश करेंगे। लेकिन शुक्ला की स्वीकारोक्ति ने मामला ही बदल दिया है।'

'देखिये, मैं भले ही डेपुटेशन पर पहली बार यहां आया हूं पर आप लोग तो कारपोरेशन के पुराने खिलाड़ी हैं। कोई तरकीब सोचिये कि यह भयानकतम तूफान, यह सुनामी टल सके।'

दोनों ने शून्य दृष्टि से मेरी ओर देखा।

'क्या किया जा सकता है?' मैंने पूछा।

'क्या किया जा सकता है....' बड़े बाबू बुदबुदाये।

काफी देर तक दोनों की पस्त हालत देखते हुए मैंने निर्णायक स्वर में कहा-'अभी हम केवल एक काम कर सकते हैं। शान्त रहें। किसी से इसका जिक्र न करें। अभी मिलान वगैरह करने के बारे में न सोचें। जब तक हम किसी निर्णय पर नहीं पहुंच जाते, पंचपेड़वा के सहायक लेखाकार को भी यहीं अपने साथ रखिये। वह कहीं भी बाहर यह सब न कहने पाये। ठीक है? आप लोग समझ रहे हैं या नहीं।'

'जी सर। अच्छी तरह।' बड़े बाबू ने मरी हुई आवाज में कहा और मुरझाई हुई बहारे चमन के साथ बाहर हो गये।

ऑफिस खत्म होने के बाद मैं चुपचाप घर के बाहर लॉन में ही बैठा। घर के भीतर जाने का मन ही नहीं हुआ। शाम की उतरती धूप, नीला आसमान, सफेद बादल, घर लौटते पक्षियों के झुण्ड और पेड़ों से होकर हल्के हल्के चलती सरसराती हवा आप को ताजा कर सकते हैं बशर्ते आप के भीतर कोई जानलेवा समस्या न घुमड़ रही हो। मैं इस अचानक आ खड़ी हुई भयानक समस्या में इतना उलझ गया था कि मुझे यह सब दिख ही नहीं रहा था। सहायक द्वारा मेरे सामने रखी चाय भी नहीं दिखी। जल्दी ही आसमान सिलेटी होने लगा। एक तरफ कुछ लाल काले बादल जमा हो गये थे। इक्का दुक्का तारे दिखने लगे और लॉन के मच्छर सक्रिय होने लगे। मैं अभी द्विविधा में ही था कि अन्दर चलूं या यहीं मच्छरों का कुछ उपाय करके बैठा रहूं, अर्दली ने आ कर कहा-'सर, एकाउंटेण्ट मैडम आपसे मिलना चाहती हैं।'

कुछ चौंक कर एक क्षण तो मैं उसे देखता ही रह गया फिर बात समझ में आने पर उनको यहीं भेजने को कहा और सहायक से ओडोमॉस क्रीम व मच्छर वाली अगरबत्ती जला कर लाने को कहा।

आज बहारे चमन में कोई चमक या खुशबू नहीं दिख रही थी लेकिन दिन की अपेक्षा इस समय कुछ आत्मविश्वास बढ़ा लग रहा था। सामने की चेयर पर बैठते हुए शाम के धुंधलके और लॉन के बैकग्राउण्ड में उसकी स्त्रियोचित

सुन्दरता भी झलक रही थी।

मैंने प्रश्नसूचक नजरों से देखा।

'सर, ऑफिस में तमाम फाइलें छानते छानते मुझे पंचपेड़वा से सम्बन्धित एक बहुत ही महत्त्वपूर्ण कागज मिला है।' फाइल से कागज निकालने के लिये वह आगे झुकी और मैं घबरा कर दूसरी ओर देखने लगा।

'क्या है यह?' मेरे कान खड़े हुए। कागज हाथ में लेते हुए मैंने मच्छर वाली अगरबत्ती रख कर जाते हुए सहायक से अच्छी सी चाय बना कर लाने को भी कहा और उससे पूछा-'दिन भर तो इन्हीं सब चक्करों में तुम भी चकरचिन्नी ही बनी रही होगी? कुछ खाने वाने को तो मिला नहीं होगा?'

'ठीक है सर। कोई बात नहीं है। पहले इस संकट का कोई उपाय तो मिले।'

मैंने सहायक से कुछ स्नैक्स भी लाने को कहा और उस कागज की ओर ध्यान दिया।

'यह आर0एम0 कार्यालय से जारी पत्र है सर, जिसमें लिखा गया है कि पंचपेड़वा डिपो से सम्बन्धित 'बैंक समाधान विवरण' उनके कार्यालय को सीधे प्राप्त हो गया है। बाकी बैंकों का विवरण डिवीजन से तुरन्त भेज दिया जाय।'

'माइ गॉड! ब्हुत खूब। लेकिन मुझे इस पत्र की जरा भी याद नहीं है।'

'आपके आने के थोड़ा पहले का है। आपके सामने से नहीं गुजरा है। मुझे कुछ धुंधला सा याद आ रहा था इसीलिये मैं खोज रही थी। इस चिट्ठी से हमें कुछ तो मदद मिलेगी सर?'

'इससे वह आर0एम0 भी गले गले फंस जायेगा जिसने इस पर हस्ताक्षर किये हैं। हमारी सुपरवाइजरी जिम्मेदारी तो जहां की तहां ही रहेगी।'

'इस तरह के अलग अलग वर्षों के तीन पत्र हैं सर।'

'तीन पत्र।' मेरे मुंह से आश्चर्य भरी आवाज निकली-'वाह। वाह। आज तो तुमने बहुत ही मेहनत की है। ऐसे तीन पत्रों से स्थिति कुछ तो जरूर ही बदलेगी। जिम्मेदारी बंट सकती है। हम कह सकते हैं कि अकेले हम ही इस मामले में नहीं हैं। आर0एम0 ऑफिस भी इसमें शामिल है।'

इस खोज से मुझे मामले का लोड अपने डिवीजन से हल्का करने की

उम्मीद जग रही थी। जितना ही लम्बा जांच का दायरा होता जाता है, इसके प्रतिकूल प्रभाव सीधे तौर पर जिम्मेदार कहे जाने वालों के लिये कुछ तो हल्के होते जाते हैं।

'इसमें से पहला पत्र उन आर0एम0 के हस्ताक्षरों से है जिनके समय में ये मामला शुरु हुआ था।' उसने सीधे मुझे देखते हुए कहा।

मारे एक्साइटमेंट के मैं उठ कर खड़ा हो गया-'जबरदस्त! क्या बात है? क्या बात है? तुमने तो चमत्कार कर दिया। देखूं जरा ये वाली चिट्ठी।'

चिट्ठी एकदम सही थी। हस्ताक्षर भी ओरिजिनल थे। यह एक बहुत बड़ा हथियार था जो हमें कितना बचाता यह तो समय ही बता सकता था पर इसके प्रॉपर इस्तेमाल से इस मामले को शुरु करने वाले आदमी की खटिया खड़ी की जा सकती थी। अनजाने ही मैंने उसकी पीठ पर हाथ रख कर उसे शाबासी दी और उस चिट्ठी को कई बार पढ़ा।

चाय पीते हुए मैंने उससे कहा-'तुम तो बहुत मेहनती हो। काम की जानकारी भी बहुत अच्छी है। मुझे अफसोस है कि मैं तुम्हें गलत समझता था।'

'जब आपने उन्नाव में मेरी भर्ती को टाल दिया था तब मुझे भी बहुत दुख हुआ था और आप पर गुस्सा भी आया था जो शायद यहां भी जारी था।'

'वो तो मेरी मजबूरी थी। अब तो तुम जानती ही हो कि हमें अपने स्तर पर तमाम ऐसे काम करने पड़ते हैं जिन्हें सुपर बॉस को नहीं बताया जा सकता। बॉस की भांजी को आफिस में रखने का सीधा रिस्क उन तक सूचनाओं का लीक होना होता है। वजह यही थी। कोई पर्सनल रंजिश का सवाल ही नहीं था। मैं तो उस समय तुम्हें जानता भी नहीं था।'

'शायद वही कांटा मेरे मन में मुझे आपके प्रति सहज नहीं रहने देता था। लेकिन इधर कुछ महीनों में साथ काम करके जाना कि आपका नेचर क्या है? आप ने तो मुझे हमेशा दूर रखने की ही कोशिश की पर मेरे मन से वह कांटा निकल ही गया। मैं आप को सहज लेने लगी।'

मैंने उसे देखते हुए कहा-'ऐसा मैं ठीक उसी कारण से कर रहा था, जो उन्नाव में था। ऐसी बातें तुम से बचाने की कोशिश करता था जिन्हें तुम्हारे मामा तक नहीं पहुंचना चाहिये था।'

'मेरा दुर्भाग्य ही था कि मुझे भर्ती कराने के लिये उन्होंने मुझे अपनी भांजी के तौर पर प्रचारित किया। वे मेरे मामा नहीं हैं।'

'मामा नहीं हैं?' यह बात बम फूटने से कम नहीं थी। मारे हैरत के मैं लगभग चीख ही पड़ा-'मामा नहीं हैं तब क्या हैं?'

'कुछ नहीं हैं। मेरे गांव के पट्टीदार हैं।' उसकी आवाज में नफरत थी।

'पट्टीदार? मामा नहीं हैं? तो तुम्हारी भर्ती के लिये वे इतना जोर क्यों लगाये रहे?'

'सर, मेरे मां बाप गांव में ही रहे। वहां अच्छी खासी खेती छोड़ कर उनका कहीं और नौकरी वगैरह में जाने का मन नहीं हुआ पर वे लोग 'बुढ़ापे की सन्तान' कही जाने वाली मुझको बहुत ही प्यार करते थे। इसीलिये मुझे लखनऊ में काल्विन ताल्लुकेदार में पढ़ाया और मैंने सी0ए0 भी कर लिया। फिर अचानक पापा नहीं रहे। गांव के पट्टीदारों ने खेत कब्जा लिये। मां ने खेतों को वापस लेने की बहुत कोशिश की पर कुछ नहीं हुआ। अलबत्ता पट्टीदारों से मुकदमे चलने लगे। इस मामले में मेरे बूते का ज्यादा कुछ था नहीं। खुद को और मां को सपोर्ट करने के लिये मुझे तत्काल नौकरी की जरुरत थी। इन्होंने मेरे मामा बन कर मुझे नौकरी दिलायी।'

'कोई और भाई बहन नहीं है?'

'नहीं सर।'

'एक बात बताऊं। मैं तुम्हारे इन तथाकथित मामा को बहुत ही गन्दे आदमी के तौर पर जानता था पर तुम्हारी ऐसी मदद की बात सुन कर इनका दर्जा मेरी निगाह में ऊंचा हो गया है। ऐसी निस्वार्थ सहायता कौन करता है?'

उसके चेहरे पर गहरी नफरत के भाव प्रकट हुए पर वह कुछ नहीं बोली।

रात काली हो चली थी। एक एक करके तमाम तारे चमकने लगे थे। चौकीदार आ कर लॉन और पोर्टिको की लाइट जला रहा था। मच्छर शान्त थे। झींगुरों का कोरस शुरु हो रहा था। हवा में हल्की ठण्डक थी।

'एक बात और पूछनी है। ये जो तीन चिट्ठियां तुमने खोजी हैं उनमें से एक पर तुम्हारे इन तथाकथित मामा के हस्ताक्षर हैं। ध्यान दिया है या नहीं।'

'दिया है सर।'

'इन्हें बचाना नहीं चाहोगी। आखिर इनकी वजह से ही तुम्हारी जिन्दगी पटरी पर आयी है।'

'कतई नहीं। बिलकुल नहीं। मैं चाहूंगी कि कोई और बचे तो बच जाये पर ये आदमी किसी हाल नहीं बचना चाहिये।' उसकी सर्द और नफरत भरी आवाज डराने वाली थी।

मैं कुछ बोल ही नहीं पाया। उसके तने हुए विकृत चेहरे को देखने में डर लग रहा था। धीरे धीरे उसने खुद को कंट्रोल किया और सर झुका कर बोली-'मैं कहना नहीं चाहती थी सर, लेकिन कहना भी जरुरी है। यह बात मुझे मारे डाल रही है। मैं एक ट्रामा में जी रही हूं जो मेरी जिन्दगी को खाये चला जा रहा है। ये वास्तव में उससे भी ज्यादा गन्दे आदमी हैं जितना आप जानते हैं।'

वह अपने गुस्से, आवेश और शर्म मिश्रित टूटी हुई आवाज को संभालने के लिये एक क्षण को रुकी, फिर आसमान और स्ट्रीट लाइट को देखते हुए शायद अपने आंसू रोकने की कोशिश करती रही। इतने सब के बाद भी जब वह बोली तो उसकी आवाज में आंसू भी घुले हुए थे-'मेरी भर्ती कराने के बाद एक दिन जब इनका फील्ड में दौरे का प्रोग्राम बना तब इन्होंने मुझे भी बुलवा लिया। सहज भाव से मैं इनके और मामी के साथ जंगल घूमने का शौक पूरा करने के लिये चली गयी। किसी बहुत ही इंटीरियर के घने जंगल में बने रेस्ट हाउस में हम रुके जहां स्टाफ और चौकीदार के अलावा कोई भी नहीं था। शायद वह सोनारीपुर था।' वह फिर रुक कर अपनी आंखें पोंछने लगी।

'हां। दुधवा नेशनल पार्क में सोनारीपुर रेस्ट हाउस है।' मैंने उसे बात आगे बढ़ाने के लिये प्रेरित करते हुए कहा।

'रात में मामी जी तो नींद की दवा खाकर सो गयीं। इन्होंने मुझसे कहा कि आज तुम्हारी भर्ती कराने की फीस की पहली किश्त देने की बारी है। मुझे आश्चर्य हुआ। ऐसी कोई बात तो हुई नहीं थी। मेरे यह कहते ही ये मुझ पर टूट पड़े और चिल्लाते रहे कि मैंने कोई धर्म खाता थोड़े ही खोला हुआ है। हर काम की फीस होती है।'

'माइ गॉड। कितना शर्मनाक है?'

'इसके बाद अगले तीन दिनों तक मैंने अपनी जिन्दगी का वह भयानक नर्क

झेला जिसकी कल्पना भी कभी नहीं की थी सर। रेप कितनी कितनी भयानक शारीरिक और मानसिक त्रासदियों से गुजारता है यह जाना। वहां से भाग कर बियाबान जंगल में मर खप जाना मुझे बेहतर लग रहा था पर निकलने की कोई गुंजाइश ही नहीं थी।

तीसरे दिन अचानक मुख्यालय से कुछ खबर आने के बाद आनन फानन में इन लोगों को वापस आना पड़ा और मेरी मुक्ति हुई। मुझे दो दिनों तक अस्पताल में रहना पड़ा। आगे दो तीन महीने दवा इलाज चलता रहा।'

'माइ गॉड! महाजलील आदमी है यह तो। अपनी बेटी समान लड़की से यह काम तो पिशाच भी नहीं करते। मामी कुछ नहीं बोलीं?'

'नहीं। पहले ही दिन की घटना मैंने उन्हें सुबह बतायी पर उन्होंने इसे हल्के में टाल दिया कि आदमी लोगों से कभी कभी ऐसा हो जाता है। आगे चल कर इन्हें मामी का या दिन रात का भी कोई लिहाज नहीं रह गया था। इन्होंने मुझे ऐसी जगह फंसाया था जहां दूर दूर तक घने जंगल थे और वहां से कहीं भाग पाना मुमकिन नहीं था। स्टाफ इनका इतना अधिक ताबेदार था कि इनके विरुद्ध किसी ने भी मेरी बातों पर ध्यान नहीं दिया।'

मैं चुपचाप सर झुकाये बैठा रहा। कुछ बोलने को था ही नहीं।

उसने ही आगे कहा-'जब इन्होंने मेरा ट्रांसफर अपने ही ऑफिस में करा लिया था तब फिर इन्होंने यह कोशिश की। न मानने पर मेरी सर्विस खत्म करने की धमकी दी पर मैं अब तक सावधान और सतर्क हो गयी थी। इनके गन्दे इरादे कामयाब नहीं हुए। मैंने सीधे प्रमुख सचिव से मिल कर इनके कुत्सित कामों और इरादों के बारे में बताया तो इनका ट्रांसफर हो गया। इसके बाद जब मुझे यहां भेज दिया गया तब जाकर पूरा सुकून मिला। यहां बहुत अच्छा है सर। छोटी जगह है लेकिन सारा ऑफिस एक परिवार की तरह है। गन्दगी नहीं है। यहां अच्छा लगता है।'

काफी देर तक हम कुछ नहीं बोले। मैं उसका असहनीय दर्द उसके चेहरे से गुजरता देख रहा था।

'तुम्हारी मां कहां हैं?' माहौल को हल्का करने के लिये मुझे इससे बेहतर कोई और सवाल नहीं सूझा और इस सवाल ने काम किया। उसका चेहरा कुछ

रिलैक्स हुआ और उस पर हल्की सी मुस्कराहट की रेखा उभरी।

'आजकल मेरे साथ यहीं हैं सर। कभी कभी गांव भी जाती रहती हैं। हमारे यहां के फॉरेस्ट काउन्सेल ने अपने वहां के एक वकील मित्र की मदद से मेरे गांव की जमीन का मामला भी ठीक करा दिया है।'

'मां को इन फर्जी मामा की करतूत पता है?'

'नहीं सर। बिलकुल नहीं। यह बात उन जलील मामा मामी के अलावा केवल आप जानते हैं सर। यहां आप के साथ कुछ ऐसा माहौल ही बन गया कि मैं खुद को रोक नहीं सकी। मैं बहुत दिनों से यह बात किसी से शेयर करना चाहती थी क्योंकि यह मेरे अपने वजूद पर बहुत भारी पड़ रही थी। पता नहीं क्यों आप के सामने कहते हुए कोई संकोच भी नहीं लगा।'

'आगे की लाइफ के बारे में कुछ सोचा है या अभी नहीं?' कुछ देर बाद मैंने हिचकिचाते हुए यह व्यक्तिगत सवाल किया।

इस बार वह खुल कर हंसी-'शायद आप यह पूछना चाह रहे हैं कि मेरा कोई ब्याय फ्रेण्ड है या नहीं? नहीं है सर। मेरी आगे की लाइफ के बारे में सोचने के लिये मां हैं और......और आप हैं, आप लोग हैं।'

उसने टेबिल पर रखी फाइलें समेटीं।

'मुझे बहुत ही अफसोस है कि मैं तुम्हें विभाग के चीफ के बल पर शौकिया नौकरी करने वाली फूल-फ्लूटी समझता था। अब मेरी आंख खुल गयी है।' मैंने उसी समय तय किया कि इसे कभी बहारे चमन नहीं कहूंगा।

मुस्कराते हुए हाथ जोड़ कर जाते, उसे मैं तब तक देखता रहा जब तक कि वह आंखों से ओझल नहीं हो गयी।

घर के भीतर आते हुए मैं अपने महासंकट की दुनियां में वापस आ गया। इन कागजों से कुछ लाभ जरुर हो सकता था पर इनमें इस संकट का हल तो नहीं ही था।

मैंने अर्दली से कहा-'शुक्ला को खोज कर लाओ।'

'वह बाहर गोलम्बर में बैठे हैं सर। अभी बुला लाता हूं।'

लिविंग रुम में बैठे हुए मैंने शुक्ला से बहुत सपाट आवाज में कहा-'मैं तुम्हें

वापस पंचपेड़वा भेज देता हूं। मुझे बताओ कि तुम यह सब कैसे मैनेज करोगे? स्टाफ को ज्यादा नुकसान पहुंचाये बिना यह समस्या जड़ से कैसे खत्म होगी?'

'साहब। आज आपने एम0डी0 और प्रशासक तक को मना कर दिया, उन्हें घास नहीं डाली। फिर अचानक ऐसा क्या हो गया....क्यों आप मुझे वहां वापस भेजने को तैयार हैं?'

'यह मैं तुमको समझा नहीं पाऊंगा शुक्ला। तुम तो मेरी बात का जवाब दो।'

'आपके बताये बगैर भी मैं कुछ कुछ समझ रहा हूं सर। आपको अपने स्टाफ से प्रेम है। आप उनका नुकसान नहीं होने देना चाहते। उनके लिये आप अपने उसूलों से समझौता करने को तैयार हैं। उनके लिये आप खुद को संकट में डालने को तैयार हैं। हम भले ही कह न पायें लेकिन हम सभी यह जानते हैं सर।'

'इन सब बातों का अभी समय नहीं है। अभी तो इस अचानक उतरे संकट का हल करना है।'

वह अपनी जगह से उठा और मेरे घुटनों पर हाथ रख कर पैरों के पास ही बैठ गया-'मैं वहां जाना नहीं चाहता हूं सर। पिछले दस साल में लोगों ने मुझे जितना नोचा है, उसके बाद भी मैं जिन्दा कैसे हूं यह चमत्कार है। अगर फिर वहीं जाऊंगा तो फिर यही सब शुरु हो जायेगा। मैं बहुत थक गया हूं।'

'यह सब सद्विचार तुम्हें कहां से आने लगे। मैंने देखा है कि पैसे के भूतों को तो, तब तक पैसा ही दिखता रहता है, जब तक वह पैसा उनकी जान नहीं ले लेता।'

'मैं वाल्मीकि हो गया हूं सर। वाल्मीकि डाकू को ऋषियों ने यह पता करने को भेजा था कि अपने जिन लोगों के लिये वह डकैती और दूसरों की जान लेने जैसे घोर पाप कर रहा है, वे लोग उसके इस पाप में हिस्सा बंटायेंगे या नहीं। किसी ने स्वीकार नहीं किया और वाल्मीकि सब छोड़ कर राम भक्त हो गये। रामायण की रचना की। मैंने भी अपनी इस विषम परिस्थिति में सबके पास जा कर देख लिया। मेरे पापों का रस खींचने को सब तैयार बैठे हैं पर मेरी परेशानी में कोई एक रत्ती साथ देने को तैयार नहीं है।' उसने वैसे ही बैठे बैठे कहा।

मैं थोड़ी देर तक उसकी शक्ल ही देखता रह गया। पता नहीं स्वामी गड़-

बड़ानन्द का यह होनहार शिष्य मुझे अब क्या पट्टी पढ़ाने की फिराक में था।

'भाई। तुम तो मुझे सीधे सीधे यह बता दो कि करना क्या है?'

'जो कर्म मैं दस सालों में कर चुका हूं उसको लौटाने का तो कोई उपाय है नहीं साहब। मुझे यह भी हमेशा से पता था कि कभी न कभी यह सिलसिला खत्म होगा। शायद वह दिन आ गया है। जैसी परिस्थिति है, इसमें हम इसे न तो टाल सकते हैं और न ही छिपा सकते हैं। इस बारे में मैं पहले भी सोचता था कि ऐसा समय आने पर बचाव की क्या सूरत हो सकती है। मुझे सबसे अच्छा उपाय यह लगा था कि मैं इस मामले का आडिट एम0डी0 ऑफिस की टॉप आडिट टीम से करा लूंगा। इस टीम के ऊपर केवल शासन की टीम होती है पर वहां भी लोगों को डबल एन्ट्री सिस्टम की कोई खास जानकारी न होने के कारण वे भी इसी टीम पर निर्भर करते हैं। हम यही करेंगे साहब।'

'इससे क्या होगा? आडिट में वे इस मामले को उजागर कर देंगे। बिजली तो गिरेगी ही न? मुझे तो इसे पैसीफाई करना है।'

'पैसीफाई ही होगा सर। आडिट टीम कुछ लाख का ही घपला निकालेगी। इस पैसे को आपके आदेश से सम्बन्धित कर्मचारियों से रिकवर करने के बाद ही रिपोर्ट ऊपर भेजी जायेगी जिस पर हल्की फुल्की सी कार्यवाही होगी। सभी लोग सेफ रहेंगे।'

'आडिट रिपोर्ट के बाद पैसा रिकवर करने के बाद भी कार्यवाही और सजा क्यों होगी?'

'ये कार्यवाही तो अपनी ड्यूटी में लापरवाही बरतने के नाम पर होगी, लेकिन वास्तविक कारण यह होता है कि ऊपर के लोग खुद कर रहे बड़ी लूटों से लोगों का ध्यान भटकाने के लिये नीचे के स्टाफ पर कड़ी से कड़ी कार्यवाही कर के खुद को सेफ करते हुए अपने लिये तमगा बटोर कर मीर बन जाते हैं। हम आप तो अच्छी तरह जानते ही हैं कि उन लोगों से ही चोरी और बेईमानी नीचे उतरती है। अगर वे न चाहें तो नीचे वालों की क्या मजाल कि बड़ी चोरियां कर सकें और बिना रोक टोक करते ही रहें।'

'आडिट वालों से सेटिंग है क्या?'

'हां सर।'

'वे तो एम0डी0 के आदेश पर ही मूव करेंगे? वो आदेश कैसे होगा?'

'मैं करा लूंगा।'

'कैसे?'

'अगली किश्त देने का वादा करके।'

'मैं कुछ समझ नहीं पा रहा हूं शुक्ला। पूरी बात बताओ।'

'देखिये सर, आप अभी दो पत्र जारी करेंगे। एक में मेरी पोस्टिंग पंचपे-ड़वा होगी और दूसरे में आप पंचपेड़वा डिपो की प्रारंभिक जांच में कुछ गम्भीर अनियमितता का संदेह होने पर एम0डी0 से टॉप आडिट टीम भेजने की रिक्वेस्ट करेंगे। मैं कल सुबह ही आदेश करा लूंगा और आडिट टीम यहां आ जायेगी। दो चार दिन आडिट का दिखावा चलेगा। आडिट टीम की फाइनल रिपोर्ट आते ही आप उस पर कार्यवाही कर देंगे। काम खत्म।'

'और तुम वहां नये सिरे से अपना दंद फंद शुरु करने के लिये आजाद हो जाओगे। ठीक है। मुझे मंजूर है।'

'साहब। आप को क्या लगता है? इतना सब कुछ खुल जाने के बाद अब इस तरह की चोरी संभव होगी क्या? मैं कुछ दंद फंद नहीं करुंगा।'

'लेकिन बीच में आर0एम0 भी तो हैं। उनका क्या होगा? उनका कोई रोल होगा या नहीं?'

'नहीं सर। एम0डी0 के आदेश के बाद आर0एम0 को कौन पूछता है?

प्लान के अनुसार चिट्ठियां बन गयीं। उन पर दस्तखत करने के बाद भी मुझे शुक्ला पर भरोसा नहीं था। लेकिन रिस्क लेना मजबूरी थी। इसके अलावा कोई और उपाय सूझ ही नहीं रहा था।

* * *

शुक्ला इस बार झूठा नहीं साबित हुआ। अगले दिन ऑफिस खुलने का टाइम होते होते ऑडिट टीम आ गयी और उसके साथ ही आ गया मेरा ट्रांसफर ऑर्डर जिसमें मेरी तैनाती डेपुटेशन पर उत्तराखण्ड राज्य में की गयी थी। न केवल यहां से बल्कि पूरे राज्य से ही मैं पूरा का पूरा गायब कर दिया गया। इस ऑर्डर पर लिखी रुटीन भाषा के अनुसार मुझे चौबीस घण्टे के अन्दर ही रिलीव भी कर दिया गया।

उपसंहार
(दुखान्त-सुखान्त)

कहानी जिस प्वाइन्ट पर छूटी है वह दुखान्त है। उसमें सारे स्टाफ के सर पर 'फर्जीगिरी के मास्टर' शुक्ला के धागे से बंधी तलवार लटकी हुई है और हीरो को सीन से बहुत दूर हटा दिया गया है।

लेकिन इसी कहानी का सुखान्त भी हो सकता है। हां, अगर सुखान्त देखना हो तो काफी समय लग जाता है। इस कथा के सुखान्त में भी पांच वर्ष से कुछ अधिक का समय लग गया।

मैंने उत्तराखण्ड राज्य में ड्यूटी ज्वाइन कर ली। साथियों से पता लगा कि ऑडिट टीम ने 21 लाख का घपला निकाला। लेखाकारों, सहायक लेखाकारों, डिपो प्रभारियों आदि सहित सोलह कर्मचारियों की सेवायें समाप्त कर दी गयीं और बहुतों को सस्पेंशन या बिना सस्पेंशन के भी चार्जशीट किया गया। नये आये होने की वजह से या पता नहीं किस कारण से मैडम एकाउंटेण्ट बच गयीं। वाल्मीकि होने की कगार पर पहुंचे घपलाकर्ता शुक्ला के ऊपर पुलिस केस हुआ और वह गिरफ्तार हुए। 'मरा मरा' शुरु करने से पहले ही उनको गिरफ्तारी के दौरान ही दिल का दौरा पड़ा और वह साफ हो गये। चार्जशीट किये लोगों में शत प्रतिशत लोग गम्भीर चेतावनी, एडवर्स एन्ट्री आदि छोटे मोटे दण्डों से लोगों को सन्तुष्ट करते हुए बेदाग सेवा में बने रहे। सेवा समाप्त किये गये लोगों में से चौदह लोग डेढ़ दो साल में ही सोर्स सिफारिश, कोर्ट कचहरी आदि माध्यमों से से पुनः दन्द फन्द करने के लिये सेवा में वापस बहाल हुए। एक लेखाकार इसी संघर्ष के दौरान रिटायर हुए और एक प्राकृतिक तौर पर इस फानी दुनियां से विदा हो गये।

इस घटना के तीसरे वर्ष मैडम एकाउंटेण्ट की शादी अपने ही एक सहकर्मी विक्रय प्रभारी से हो गयी और आजकल उनकी मां अपना नाती खेलाने का सुख प्राप्त कर रही थीं।

मेरे समय के एम0डी0 पर, जिन्होंने शुक्ला से यह खेल शुरु करवाया था,

रिटायरमेंट के बाद ही इन्कम टैक्स का छापा पड़ गया। रिटायरमेंट के बाद भी उनके लिंक मजबूत होने के कारण उन्हें इसकी सूचना काफी पहले ही मिल गयी थी और उन्होंने घर में रखा लगभग सारा दो नम्बर वाला कैश व ज्वैलरी आनन फानन में अपने खास रिश्तेदारों के यहां रखवा दिये। फिर भी मुर्दों से भी कुछ न कुछ निकाल लेने के लिये मशहूर इन्कम टैक्स वालों ने उनके फर्जी बैंक एका-उण्ट के कागजों के आधार पर उन्हें गिरफ्तार कर लिया। जब तक वे जमानत पर छूटे, उनके रिश्तेदार सारा कैश व ज्वैलरी हजम कर चुके थे। हर तरह की कोशिश के बावजूद भी अपने रिश्तेदारों से कुछ भी न निकलवा पाने की वजह से और अपने खाते सीज होने के कारण, वे अपने मुकदमे की पैरवी ठीक से नहीं कर पा रहे थे। भारी तनाव और जिल्लत लेकर तारीखों पर दौड़ते दौड़ते जल्दी ही उनका दम उनका साथ छोड़ गया।

सबसे बुरा एकाउंटेण्ट मैडम के तथाकथित मामा के साथ हुआ। यह बात बाद में प्रकाश में आयी कि स्वभाव से ही लम्पट होने के कारण उनका अपनी बहू से भी अवैध सम्बन्ध था जिसे बनाये रखने के लिये बहू की इच्छानुसार वे अपनी अवैध कमाई का सारा इनवेस्टमेंट उसके नाम से ही करते थे। पत्नी के गुजर जाने के बाद ससुर बहू पूरी तरह फ्री हो गये और बहू ने उनका बचा खुचा भी धीरे धीरे अपने नाम कराने के बाद, एक सुहानी सुबह को, इन्हें और इनके लड़के को अपने गुण्डे दोस्तों की मदद से घर से निकाल बाहर किया। जिन्दगी भर की कमाई का भारी हिस्सा लगा कर इन्होंने बेतिया हाता में जो महल बनवाया था, उसमें इनकी बहू और उसके गुण्डे दोस्त रहने लगे। पुलिस-वुलिस और बड़े हाकिमों के यहां दौड़ते दौड़ते जब उनके जूते घिस गये और कोई राहत नहीं मिल पायी तो ये झक मार कर अपने सुपुत्र के साथ अपने पुराने फार्म हाउस में रहने चले गये। वहीं प्रवास के दौरान अपने भीषण गम को गलत करने के प्रयास में ज्यादा दारु पी कर तेज गाड़ी चलाते हुए इनके पुत्र काल कवलित हो गये तो इनके पास जीने के लिये कुछ नहीं बचा। जल्दी ही ये स्वतः के प्रयास से आई0पी0सी0 की धारा 309 का उलंघन करते हुए आत्महत्या करके अपने पुत्र के पास पहुंच गये।

कुछ और बड़े लोग जो इस कहानी के पात्र नहीं बन पाये, अपनी लूटी हुई जन सम्पत्ति को सरकार के कुछ विभागों की निगाह से बचाने की जुगत करते करते या तो उसे अवांछित और अघोषित दान के नाम पर लुटा कर या अपने

वारिसों को उसके लिये मारा मारी करने का मौका देकर, बिना उस सम्पत्ति का कोई खास सुख भोगे, महाप्रयाण कर गये।

तत्कालीन एम0डी0 और प्रशासक के इनीशियेटिव पर मैं भी सस्पेन्ड कर दिया गया और शासन में समीक्षा अधिकारी, अनुभाग अधिकारी, विशेष सचिव, प्रमुख सचिव आदि के पदनामों से सुशोभित टेबिलों के चक्कर मारते मारते डेढ़ साल की उठा पटक के बाद बहाल हुआ। राय साहब कहते हैं कि ये पदनाम टेबिलों के नहीं, आदमियों के होते हैं पर मेरे देखे इस अवधि में आदमी तो कई बार बदल गये पर टेबिलें शाश्वत रहीं।

राजा पूर्ववत लूटराज करते रहे और प्रजा सदा की तरह उनकी जय जय कार करती रही। इन सब अन्जामों की खबर होने पर भी इन्हें अनदेखा करते हुए यह लूटकथा गतांक से आगे बदस्तूर जारी है।

बसंत पंचमी

बसंत पंचमी के रोज सवेरे की बारिश के बाद खुला आसमान गहरा नीला था और उस पर सफेद बादलों के गुच्छे धीरे धीरे तैर रहे थे। हवा में हल्की हल्की ठण्डक थी जो बहुत ही अच्छी लग रही थी। आसमान रंग बिरंगी पतंगों से भरा हुआ था।

'सुनिये! आज अपनी पीली वाली टीशर्ट पहनियेगा। निकाल कर बेड पर रखी है।' जाने जहान की आवाज आयी।

'क्यों?' बिना मीन मेख निकाले पत्नी की बात कैसे मानी जा सकती है इसे सिद्ध करते हुए मैंने स्वाभाविक प्रतिक्रिया दी।

'क्यों क्या? आज बसंत पंचमी है। सभी लोग पीले कपड़े पहनते हैं। माता सरस्वती की पूजा का दिन है।'

'तो करते क्यों नहीं पूजा पाठ, पीले कपड़े पहन कर। मैं कौन सा पूजा पाठ करने जा रहा हूं? मुझे इसमें क्यों उलझाया जा रहा है?'

'आपसे कुछ कहना सुनना बेकार है। जो मन हो करिये।'

फिर उनकी आवाज नहीं आयी और न ही वो दिखीं। वैसे भी आज जैसे पूजा प्रधान दिनों में उनकी व्यस्तता कुछ ज्यादा ही बढ़ी चढ़ी रहती थी।

मेरे नहा धो कर पीली टीशर्ट पहन कर निकलने तक माहौल पूरा ही पीला हो चुका था। घर के सभी सदस्य पीले ड्रेस में थे। पूजा के कमरे में पीला परदा और पीले ही फूल सज गये थे। यहां तक कि मेरी पत्नी को सख्त नापसंद पड़ोस के शर्माजी भी पीली पोशाक पहने बच्चों के साथ पतंग उड़ाने की कोशिश में लगे थे। मुझे बाहर आया देख कर जोरदार नारे के साथ मेरा स्वागत करते हुए पतंग का तामझाम, मेरे बार बार मना करने के बावजूद भी, मेरे हवाले कर दिया गया।

शर्मा जी जोरदार आवाज में घोषणा कर रहे थे-'हमारे सर्वश्रेष्ठ पतंगबाज हमारे बीच आ चुके हैं और अब राजापुर वालों की पतंगों की खैर नहीं है।'

'ऐसा कुछ भी नहीं है।' मैंने पतंग हवा में रखने की कोशिश करते हुए कहा।

'भाईसाहब! पहले तो उस चांद तारे वाली पतंग को आसमान से साफ करिये। इसने हमारे देखते ही देखते चार पतंगें काट दी हैं। इसके होते बच्चे पतंग उड़ा ही नहीं पा रहे हैं। झपट कर काट देता है।'

'शर्मा जी आप तो ऐसे कह रहे हैं जैसे मैं वाकई भारी पतंगबाज हूं। अभी वह मुझे भी काट देगा।' मैंने उनकी ओर देखते हुए कहा।

'देखिये, देखिये, बचाइये।' शर्मा जी और बच्चे साथ साथ चिल्लाये लेकिन जब तक मैं अपनी हवा में ऊपर ठहरी पतंग की ओर चमकते सूरज की रोशनी में कुछ देख कर कुछ समझ पाता हाथ में पकड़ी डोर पर हलका सा झटका महसूस हुआ और सारे बच्चे जोर से चिल्लाये-'वो काटा, वो काटा चांद तारे को।'

फिर सभी खुशी वाला डांस दिखाने लगे।

तब जा कर मेरी समझ में आया कि अचानक ही चांद तारे वाली पतंग ने मेरी पतंग पर हमला किया था और मेरे कुछ कर पाने के पहले ही खुद कट गया था।

'वाह भाईसाहब! आप तो सचमुच के छुपे रुस्तम निकले। चांद तारे को बिना उसकी ओर देखे खेल ही खेल में निबटा दिया।' शर्मा जी बोले।

'ऐसा कुछ भी नहीं है शर्मा जी। किस्मत मेहरबान तो गधा पहलवान।'

पतंग बच्चों के हवाले कर के हम लोग लॉन में आ कर बैठ गये जहां प्रसाद के नाम पर हम लोगों को केसर वाली खीर दी गयी।

'कैसा चल रहा है आजकल शर्माजी?' मैंने औपचारिकता में पूछा।

'वैसे ही है सर।'

'अब तो काफी समय हो गया? डाइवोर्स के बाद आपने दूसरी शादी भी कर ली। क्या नयी भाभी से भी अनबन हो गयी? आपके बारे में कितनी ऊल जलूल बातें फैली हुई हैं। लोग अभी भी आपसे नाखुश रहते हैं। अभी तक लोगों के मन से पुरानी बातें निकली नहीं हैं क्या?'

'नहीं सर, कुछ गलतियों की सजा अनन्त काल तक भुगतनी होती है।'

'आप भी गजब बात कह रहे हैं शर्मा जी। ऐसा भी कहीं होता है?'

'होता है सर। हमारी तो बिसात ही क्या है, देवता भी भुगतते हैं। आप

जानते ही हैं कि त्रिदेवों में एक, हमारे ब्रह्मा जी की पूजा नहीं की जाती और पुष्कर छोड़ उनका कोई प्राचीन मन्दिर भी कहीं नहीं है। उनसे भी तो केवल एक ही गलती हुई थी।'

'वो गलती? उससे आपकी कहानी का क्या सम्बन्ध है?'

'आप जानते हैं वह कथा?'

'हां। सुनी है वह पौराणिक कथा। दैत्य बज्रनाभ को मारने के बाद ब्रह्मा जी के शस्त्र, कमल की तीन पंखड़ियां पृथ्वी पर जिस जगह गिरीं उसी जगह का नाम पुष्प और कर यानी हाथ, जाहिर है ब्रह्मा का हाथ जिससे पुष्प छूटा था, मिला कर पुष्कर पड़ा। दैत्य की समाप्ति के बाद ब्रह्मा ने इसी जगह यज्ञ किया जिसमें उनकी पत्नी समय से नहीं पहुंच पायीं और चूंकि बिना पत्नी के यज्ञ हो नहीं सकता था और शुभ मुहूर्त बीता जा रहा था, इसलिये ब्रह्मा ने गायत्री नाम की महिला से दूसरी शादी करके यज्ञ सम्पन्न किया। पहली पत्नी जब वहां पहुंचीं तो यह पता चलते ही उसने क्रोधित हो कर ब्रह्मा को शाप दिया कि उनकी पूजा कहीं नहीं होगी।' लम्बे किस्से के खत्म होने पर मैंने शर्मा जी की ओर देखा।

'वाह सर! मैं तो आपकी पूजा पाठ से अरुचि देख कर यही सोचता था कि आपको इन सब बातों से कोई मतलब नहीं होगा। आपने तो बहुत अच्छे से कथा सुना दी।' शर्मा जी भी मेरी ओर देखते हुए बोले फिर सिर झुका कर धीरे से आगे बोले- 'कथा इसके अलावा भी है।'

'होगी ही। चूंकि इन पौराणिक कहानियों का कोई ओर छोर है नहीं, इसलिये एक ही घटना पर कई कई कहानियां हैं। आप तो अपनी बताइये शर्मा जी।'

'आप सुनेंगे सर?'

'क्यों नहीं? आज तो फुरसत है, मौका भी है। प्रसाद खाते हैं और कहानी कहते सुनते हैं।' मैंने उनकी ओर देखते हुए कहा।

'आप जानते हैं कि ब्रह्मा जी अपनी ही रचना, एक तरह से अपनी ही पुत्री सरस्वती जी के प्रति सम्मोहित हो गये थे और उनकी इच्छा के विपरीत उनसे विवाह करना चाहते थे। उनकी इस प्रवृत्ति से क्रुद्ध होकर शिव को उनका पांचवां सिर काटना पड़ा और यह शिव का ही शाप था कि वे कभी प्रतिष्ठित नहीं हो पाये।'

'भाई शर्मा जी, ये सब कथायें कहने सुनने के लिये तो ठीक हैं पर हम आप सभी जानते हैं कि ये प्रमाणिक नहीं हैं और इनके अलग अलग वर्जन भ्रम पैदा करने वाले होते हैं।'

'हां सर। आप सच कह रहे हैं।'

'फिर आप इसका जिक्र क्यों कर रहे हैं?'

'अपने कर्मों को पुराण की आड़ में छिपाने के लिये यहां से शुरु कर रहा हूं।'

'आड़ की क्या जरुरत है? आप जानते हैं कि कोई भी इन पौराणिक कहानियों पर विश्वास नहीं करता और कोई भी इन्हें आपकी कहानी के समर्थन में नहीं लेगा। अपने पाप पुण्य के जिम्मेदार तो आप खुद ही होते हैं।'

'फिर कहता हूं सर कि आप सच कह रहे हैं पर परिस्थितियों और संयोगों का क्या? हम तो उन्हें पैदा नहीं करते। वे तो पता नहीं कहां से अचानक आ खड़ी होती हैं और आप के जीवन को तहस नहस कर देती हैं।'

'इस बार मैं कहूंगा कि आप सच कह रहे हैं पर मुझे हमेशा से यही लगता रहा है कि इन संयोगों और परिस्थितियों को किसी न किसी तरह हम स्वयं आमं-त्रित करते हैं। सीधे सीधे या परोक्ष रुप से भी। इस सिलसिले में सबसे कठिन यह समझना है कि हमारे आमंत्रण और उनके आने के बीच जो समय लगता है उसमें हम भूल ही चुके होते हैं कि आमंत्रण हमारा ही था। आप अपनी कहानी सुनाइये तभी तो हम किसी नतीजे पर पहुंच सकते हैं।' मैंने कहा फिर जोड़ा- 'अगर आप सुनाना चाहते हों तभी अन्यथा आपका अपना जीवन आपका अपना कॉपीराइट है।'

'मैं चाहता हूं सर। इस कहानी को मन में लिये मैं भी बहुत दिनों से भीतर ही भीतर घुट रहा हूं। मेरी सही कहानी के इर्द गिर्द समाज द्वारा जो भी मनगढ़-न्त बातें जोड़ी जाती रही हैं वे और भी तकलीफदेह हैं। आप जैसा श्रोता जो खुद ही कहानीकार है और जो मेरी कहानी को मुझसे भी बेहतर समझ सकता है, मुझे कहां मिलेगा? मैं सुनाना ही चाहता हूं सर।'

एक अच्छा श्रोता बनने के क्रम में मैंने एक नजर आसमान में उड़ती रंग बिरंगी पतंगों और उन्हें उड़ाते बच्चों पर डालते हुए उनके असीम उत्साह को देखा फिर उनसे मुखातिब हो कर बोला-'मैं भी आप के बारे में फैली अफवाहों

के बारे में खुद आपके मुंह से आपका वर्जन सुनना चाहता हूं इसलिये आप निःसंकोच मुझे सुनाइये।'

शर्मा जी ने भी एक नजर आसमान पर डाली मानों किस्सा गो के रुप में खुद को व्यवस्थित कर रहे हों फिर बोले-'कहानी शुरु करने के पहले मैं आपको अपने बैकग्राउण्ड के बारे में कुछ बताना चाहता हूं। मेरे माता पिता सम्पन्न थे और मैं पढ़ने में भी अच्छा था। शायद इसीलिये मुझे बहुत घमण्ड था। मैं भगवान वगैरह को नहीं मानता था। किसी का भी सम्मान नहीं करता था, और बड़े छोटे का कोई लिहाज किये बगैर किसी का भी अपमान कर देना मेरी आदत थी। जाहिर है अधिकतर लोग मुझसे नफरत ही करते थे।'

थोड़ा रुक कर उन्होंने आगे कहा-'लेकिन मेरे बाबा जीवन में बहुत संघर्ष के बाद सफलता के उस मुकाम तक पहुंचे थे जहां से हमारे परिवार में अभिजा-त्यता का जन्म हुआ था। घर में केवल वही थे जिन्होंने जिन्दगी को बहुत करीब से देखा था। उन्होंने मुझे बहुत समझाने की कोशिश की कि मेरा रवैया गलत था और जीवन में आगे चल कर बहुत दुख देने वाला हो सकता था पर मैंने अपने घर के अन्य सदस्यों की तरह ही उनकी बात अनसुनी कर दी।'

शर्मा जी ने मेरी ओर देखा। कहने को कुछ न होने के कारण मैंने सर हिला कर जताया कि मैं उनकी बात समझ रहा हूं।

'एक दिन ऐसा भी था जब उनकी बातों के जवाब में मैंने उनसे कहा था कि मैं जैसा भी हूं तथाकथित शरीफ और अच्छे कहे जाने वालों से तो बेहतर ही हूं। मुझे उन अच्छे लोगों से ज्यादा ज्ञान है और मैं उनसे बहुत आगे भी जाऊंगा।'

उन्होंने बहुत ही प्यार से मुझे समझाने की कोशिश की-'ज्ञान और तरक्की तो प्रकृति के हिस्से हैं। ये तो जीवन में आयेंगे ही। लेकिन केवल यही तो जीवन नहीं हैं। बेटा, मैं तुम्हें समझाने के लिये कहता हूं कि जीवन की प्रगति के दो रुप होते हैं-एक विद्या और दूसरा अविद्या। ऐसा नहीं है कि अविद्या, ज्ञान और प्रगति नहीं है। वह है। पूरी तरह है। पर वह जीवन का आनन्द नहीं है। जीवन आता है तो अपने साथ समृद्धि और प्रगति लेकर ही आता है चाहे वह विद्या द्वारा हो या अविद्या द्वारा। लेकिन हमारे अपने कर्म यह तय करते हैं कि हमारे जीवन का स्वरुप क्या होगा। वह विद्या प्रधान होगा या अविद्या।'

'मैं उस समय बाबा की बातें नहीं समझ पाया। समय के साथ बाबा चले गये। उनके जाने के बाद ही हमारे घर में किसी दूर दराज की रिश्तेदारी से उनके अन्तिम संस्कार में शामिल होने के लिये आयी एक बेसहारा लड़की का प्रवेश हुआ। उसका नाम मातंगी था। वह मेरे पिता की सहमति से हमारे घर में ही रह कर घरेलू काम काज में मदद करने लगी। उसके रहने पर पता नहीं क्यों दो महीने बीतते बीतते मेरे माता पिता के आपसी सम्बन्धों में इतना ज्यादा तनाव बढ़ गया कि उसे घर से निकालना ही पड़ा। पर वह लोगों के घरेलू काम करते इसी शहर में रही। घर तो नहीं आती थी पर बाहर मुझसे कभी कभी मिलती रहती थी। मैंने कई बार उससे जानने की कोशिश भी की कि वह कैसे जीवन यापन कर रही है पर उसने हमेशा इसे टाल दिया।'

शर्मा जी ने मेरी ओर देखते हुए कहा-'यह सब बताना जरुरी था सर। अब मैं अपनी कहानी शुरु करता हूं।' फिर वह थोड़ा हिचकिचाते हुए बोले-'सर, अपने कॉलेज के आखिरी दिनों में मुझे एक लड़की से बेइन्तिहा प्यार हो गया था।'

कह कर वे चुप होकर कुछ सोचने लगे।

उन्हें पुश देने के इरादे से मैंने छेड़ा-'हां। लगभग सभी लड़कों को हो ही जाता है। उस वक्त जिस उम्र में हम होते हैं उसकी प्राकृतिक मांग होती है।'

'हां सर, पर मेरे साथ वो नार्मल टाइप के ब्वायफ्रेण्ड, गर्लफ्रेण्ड वाले कन्से-प्ट से अलग ही हट कर एक ऐसे जुनून का जन्म हुआ जिसमें वह जिन्दगी और कैरियर आदि से कहीं बहुत ऊपर हो गया था। मैं सब कुछ छोड़ कर बह गया था।' उन्होंने मेरी ओर देखा।

'उस उम्र में सभी को अपने प्यार टाइप की चीज में ऐसा ही लगता है शर्मा जी। सभी को लगता है कि उनके जैसा प्यार इस दुनियां में न तो किसी ने पहले किया है और न ही आगे कर सकेगा। इश्क को तो शायरों ने ऐसा मर्ज कहा है जिसकी कोई दवा ही नहीं है। यह जब आदमी में उतरता है तो उसको नकारा बना ही देता है।'

शर्मा जी ने थोड़ा आहत भाव से मुझे देखा मानो उनकी भावनाओं पर कोई ध्यान दिये बिना मैं अपनी ही रेते चला जा रहा था फिर धीमी मगर दृढ़ आवाज

में बोले-'एक बार मान लीजिये सर, कि मेरा यह प्यार मेरी जिन्दगी से भी बढ़ कर था। मैं इतना पिघल चुका था कि जीना मरना मेरे लिये ज्यादा मायने नहीं रखता था।'

'वो लड़की भी आपसे प्यार करती थी?' मैंने उनकी आंखों में देखते हुए पूछा।

'शुरु में तो नहीं पर मेरे जुनून की हद को देखते हुए और मातंगी के बार बार समझाने बुझाने पर उसने मुझे स्वीकार कर लिया।

'आपके घर से निकाली हुई मातंगी नाम की औरत आपके सम्पर्क में अभी भी थी?'

'हां सर, मुझे उसमें कभी कोई दोष नहीं दिखा इसलिये मैंने उसे कभी मना नहीं किया। वह मेरी सहायता भी करती रहती थी।

'फिर?'

'मेरा भला चाहने वाले मेरे अच्छे दोस्तों को मेरा यह पागलपन अजीब सा लगा। उन्होंने मुझे सचेत करने की भी बहुत कोशिश की लेकिन शायद मैं वास्तव में पागल हो गया था। सारे दोस्त, मित्र और मेरे परिवार के लोग, सब मुझसे छूटते चले गये। मेरी आशिकी बढ़ते बढ़ते वापस न आने के बिन्दु तक पहुंचने लगी। हमने तय किया कि अब हमें जल्दी से जल्दी शादी कर लेनी चाहिये।'

इस तरह की असंख्य कहानियों से गुजरने के बाद मेरे लिये यह बिन्दु आते आते यह सब बड़ा ही बोरिंग हो जाता था। अरे, आपको प्यार हो गया है तो प्यार करिये। उसे एनज्वाय करिये। आपके ऊपर खुदा की रहमत बरसी है। फटा फट शादी तो डरे हुए लोगों के दिमाग की उपज होती है जिन्हें डर होता है कि उनका पार्टनर उन्हें छोड़ कर कहीं और न सटक ले। इसलिये जल्दी से जल्दी उसे बांध लेना चाहिये भले ही उसके बाद चाहे जो हो। मेरी इस बोरियत के भाव चेहरे से झलके तो जरुर पर मैं प्रकट में चुप ही रहा।

उन्होंने कहानी आगे बढ़ाई-'हम दोनों ने अपने अपने घर वालों से अपने प्यार के बारे में बताया और शादी करने के लिये उनकी इजाजत मांगी लेकिन दोनों ही घरों में सामाजिक कारणों को लेकर भयानक विरोध हुआ। मैंने लड़ने झगड़ने की कोशिश की पर अन्त पन्त मुझे घर से निकाल दिया गया। वो तो

अच्छा था कि नौकरी पाने के मेरे प्रयासों के जवाब में मुझे एक छोटी सी नौकरी मिल गयी थी और हम लोग बालिग थे। हमने घर वालों को छोड़ कर शादी कर ली और साथ रहने लगे। घरेलू कामों में मदद के लिये मातंगी हमारे साथ रहने लगी।'

'अच्छा था कि नौकरी मिल गयी थी।' मैंने निर्विकार भाव से कहानी में हुंकारी भरने के भाव से कहा।

उन्होंने फिर आहत भाव से मुझे देखा लेकिन कहानी जारी रही-'एक बार तो लगा कि मुझे जिन्दगी की जन्नत मिल गयी है लेकिन जल्दी ही मैं जान गया कि यह सब इतना आसान नहीं था। शायद मेरे ऑफिस रहने के दौरान के अकेलेपन और तथाकथित सामाजिक तानों ने उसे कमजोर कर दिया और उसे अपने घर वालों की बेतरह याद आने लगी। उसे लगने लगा कि यह सब गलत हो गया है। मातंगी भी मेड की तरह नहीं बल्कि उसकी गार्जियन और सहेली की तरह उसे नये जीवन के लिये भरसक उत्साहित करने की कोशिश करती रही पर बात नहीं बनी। मैंने ऑफिस से छुट्टियां ली। प्रेमपूर्वक उसके साथ रहते हुए उसे अच्छी अच्छी जगहों पर घुमाने भी ले गया। हर कुछ करने की कोशिश की जिससे वह खुश रहे लेकिन मेरा दुर्भाग्य मुझ पर हंस रहा था।' हुंकारी की अपेक्षा में उन्होंने मेरी तरफ देखा।

मैंने कहा-'स्वाभाविक ही था। हसबैण्ड बन जाने के कुछ समय बाद अपनी पत्नी को खुश रख पाना असंभव सा ही होता है।'

'कैसी बात कर रहे हैं सर?' इस बार उन्होंने प्रतिकार में आवाज उठा ही दी-'तमाम लोग शादी के बाद भी बहुत खुश रहते हैं। आप और भाभी जी ही हम सोसाइटी वालों व दोस्तों के लिये मिसाल हैं। आप लोग तो बहुत ही खुश हैं।'

'शर्मा जी, निष्पक्ष हो कर देखिये। कितना भी गहरा प्यार हो, कितना ही प्लेटोनिक लव हो, शादी के दो चार सालों के भीतर ही यह बैकग्राउण्ड में चला जाता है। प्यार ने एक दूसरे के प्रति व्यवहार में सौजन्यता की जो सीमायें बनायी होती हैं वे टूट जाती हैं और धीरे धीरे दोनों ही लोग, थोड़ा आगे पीछे अपने मूल स्वभाव पर लौट आते हैं। अब आपके सम्बन्धों को जल्दी से जल्दी नया रुप देना होता है।'

एक बूढ़ा बर्थ डे

'वो क्या?' उन्होंने हैरानी से पूछा।

'अब आपको बर्दाश्त की सीमायें तय करनी होती हैं। जहां लोग खुश नजर आते हैं वे इन्हें तय करने में सफल होते हैं। जहां नहीं कर पाते वहां कमोबेस छोटे बड़े फसाद जारी रहते हैं। ये फसाद अगर सीमा पार कर जाते हैं तो अलग होने की नौबत आने लगती है और अगर सामाजिक दबाव या जीवन यापन को प्राथमिकता मिलती है तो अलगाव न होकर साथ रहते हुए भी जीने के लिये दूसरे रास्ते अपनाने होते हैं।'

'दूसरे रास्ते क्या?'

'मसलन किटी पार्टी, बच्चों पर ज्यादा ध्यान, शॉपिंग, टी0वी0 सीरियल आदि महिलाओं के लिये और दारु, अधिक से अधिक बाहर समय बिताना, टी0वी0 में समाचार व क्रिकेट देखने जैसी चीजें आदमियों के लिये। जब आपको यह अच्छी तरह समझ में आ जाता है कि आप एक दूसरे के पर्सनल स्पेस को उतना नहीं भेद सकते जितना प्यार के समय में कर लेते थे तब आपको सीमायें तय करनी ही पड़ती हैं। एक समय का प्यार आज का एडजस्टमेंट बन जाता है।' मैंने शर्मा जी को वास्तविकता समझाने की कोशिश की।

'सर, मैं यह सब बातें उस समय तो नहीं ही जानता था और आज भी समझ नहीं पा रहा हूं, पर यह बता सकता हूं कि अभी हमारी शादी का साल भी पूरा नहीं हुआ था कि वह एक दिन अचानक मुझे छोड़ कर अपने घर चली गयी। मैंने बहुत अनुनय विनय की, उसके घर वालों से भी रोया गिड़गिड़ाया पर कोई नहीं पसीजा। उसने मेरे साथ आने से सीधा इनकार कर दिया। मेरी ओर से प्यार सच्चा था। मैं उसका पूरी तरह दीवाना था। उसके पीछे पागल था। इतना सब होने के बाद भी यह जुनून कम नहीं हुआ था। उसके बिना जीने की कल्पना ही नहीं कर सकता था। मेरी यह भयानक स्थिति देख कर मातंगी ने भी बार बार प्रयास किये। जो कुछ भी उसके या मेरे बस में था सब किया। पर इन सब का परिणाम पत्थरों से सर लड़ाने से ज्यादा कुछ भी नहीं हुआ। उसके बिना जीने का कोई कारण मेरी समझ में ही नहीं आ रहा था। हर तरह की निराशा से जकड़े हताश होकर अपने जीवन का अन्त करने के लिये मैंने उफनती गंगा में नये पुल से छलांग लगा दी।'

उन्होंने अपने प्यार की महानता जताने के लिये मेरी ओर देखा।

'ओह!' मेरी नजर में एक कमजोर आदमी के लिये आप अफसोस ही कर सकते हैं। मुझे लगने लगा कि मुहल्ले के लोग इनसे जो नफरत करते हैं वह सही ही है।

'जब हॉस्पिटल में मेरी आंख खुली तो मेरे पास केवल मातंगी थी। मां गंगा ने भी मुझे स्वीकार नहीं किया था। इस शहर में अब मेरा कुछ भी नहीं था। मेरा प्रेम तो मेरा नहीं ही था, मुझे पालने वाले मेरे मां बाप भी मेरे नहीं थे। यहां रहना नामुमकिन था। इसलिये मैंने नये गठित राज्य उत्तरांचल के लिये अपनी सहमति दी और वहां की पोस्टिंग पर पहाड़ पहुंच गया। जगह बहुत ठण्डी थी पर मेरे कलेजे में लगी आग वहां भी नहीं बुझ पायी। नयी जगह पर मैं अजनबी था। सहारे के लिये मेरे पास सिर्फ दारु थी जो वहां बहुतायत में और सरलता से उपलब्ध थी। अपनी जान देने के लिये मैं अब अतिशय दारु की शरण में चला गया।'

'शायद वहां दारु को राजकीय सेवा में बाधा नहीं माना जाता।'

'सर, आज कह सकता हूं कि दारु तो हर जगह बाधा ही है। अलग बात है कि वहां यह सामाजिक रुप से स्वीकृत थी। लेकिन इसकी लगातार ओवरडोज कहीं भी जानलेवा तो है ही। उस दिन भी मैं ओवरडोज में था जब मातंगी ने मुझे रोका।'

'मातंगी वहां भी गयी थी?' हैरानी से मैंने पूछा।

'हां सर, वह और कहां जाती? हमीं तो एक दूसरे का सहारा थे। वहां लोग भ्रमवश हमें पति पत्नी समझते थे। मैंने अपने साथियों को बताया भी कि वह केवल मेड है पर कोई इसे माना नहीं। मैं आपसे सच कहता हूं कि अभी तक की कहानी में मेरा उसका कोई अन्तरंग सम्बन्ध नहीं था। वह मेड ही थी।

'फिर? कब वह मेड नहीं रह गयी?'

'उसी रात जब उसने मुझे ओवरडोज से रोकने की कोशिश की क्योंकि सवेरे मुझे पहाड़ से उतर कर मुख्यालय जाना था। मैं होश में नहीं था और वह सही मायने में मेरा भला चाहती थी। जब कहने सुनने पर मैं नहीं माना तो उसने जबरदस्ती दारु वाला सारा ताम झाम हटाने की कोशिश की। मैंने उसे पकड़ कर रोकने की कोशिश की। इसी सब चक्करों में पता नहीं कैसे और कब हम दोनों

बह गये। मैंने अपना लम्बे समय से चला आ रहा फ्रस्टेशन सारी रात उसी पर उतारा। सवेरे जब मैं मुख्यालय के लिये निकला तब वह ठीक से चल भी नहीं पा रही थी, फिर भी उसने मेरी चाय वगैरह का इन्तजाम बखूबी किया। उसके बाद हम दोनों पति पत्नी की तरह रहने लगे।'

'पुराने प्यार का पागलपन उतर गया?'

'हां सर, ईमानदारी से कहूं तो इसके बाद उतरता ही गया। इसी बीच अप्रत्याशित रुप से मेरा अच्छा खासा प्रमोशन हो गया क्योंकि उत्तरांचल में काम बहुत था और स्टाफ कम। मेरी शैक्षिक योग्यता भी मेरे पद से कहीं बहुत ज्यादा थी। मोटे तौर पर कहना हो तो मैं क्लास-2 गजटेड रैंक में पहुंच गया। अनचाहे ही समृद्धि मेरे जीवन में आने लगी। मातंगी मेरे लिये भाग्यशाली साबित हुई थी।'

बच्चों की पतंगें कट जाने के बाद उनमें तनाव का माहौल आ रहा था और वे उत्तेजना में दूसरी पतंग वालों को ललकारते हुए नयी पतंगें मैदान में ला रहे थे। इधर श्रीमती जी भी कई बार इनसे पिण्ड छुड़ाने का संकेत कर चुकी थीं। इस बार तो वे सीधे ही बोलीं-'आज आप लोग बात ही करते रहेंगे या खाना पीना भी होगा?'

'आप लोग शुरु कीजिये। मैं कुछ देर में आता हूं।'

'आज मेरी वजह से आप लोगों की दिनचर्या भी बाधित हो रही है सर। बाकी की कहानी बाद में सुनाता हूं।' शर्मा जी ने संकोच में कहा।

'अरे बैठिये शर्मा जी। इन लोगों की आदत ही होती है। आप तो आगे सुनाइये। लेकिन एक बात है। अभी तक आपकी कहानी तो स्ट्रेट टाइप की सीधी सादी कहानी ही लग रही है। लोगों ने तो पता नहीं क्या क्या फैला रखा है?'

शर्मा जी थोड़ा गम्भीर हो कर बोले-'अजीबोगरीब दिखने वाले पौधे भी तो इसी साधारण मिट्टी से ही उगते हैं सर। मेरी कहानी तो अंकुरित हो रही है। शेप तो अब लेगी। हां, अब मैं इसे संक्षेप में बताता हूं। कुछ साल बाद मेरी तीसरी पोस्टिंग के दौरान मेरे बॉस को मुझमें कुछ पोटेंशियल नजर आया तो उन्होंने अपनी लड़की से मेरी शादी का प्रस्ताव रखा और इस मेड को वापस घर

भेजने को कहा जिसकी वजह से मेरी अकारण बदनामी हो रही थी। एक मेड के साथ पति पत्नी की तरह रह रहे ऑफिसर के साथ शादी करने की उनकी मजबूरी भी थी क्योंकि उनकी लड़की की पहली शादी सफल नहीं रही थी और उसका शराबी पति उसे डाइवोर्स देने के लिये तैयार नहीं था। मैंने इस प्रस्ताव को टाला तो जरुर पर सच यही था कि मैं अभी भी मातंगी को मेड ही समझता था। उसे पत्नी का दर्जा देने की मेरी कोई इच्छा नहीं थी। इस मनस्थिति में बॉस के प्रस्ताव को ज्यादा टालना सम्भव नहीं हो पाया। शादी हो गयी। बिना एक भी शब्द बोले, बिना किसी को कुछ बताये मातंगी सब कुछ छोड़ कर कहां चली गयी किसी को मालूम नहीं चला।'

'चली गयी? बिना आपके कुछ कहे?' मुझे वास्तव में आश्चर्य हुआ।

'हां सर। दस बारह साल इसी तरह निकल गये। फिर मैं ट्रेनिंग कॉलेज का डाइरेक्टर बन गया जहां पूरे देश से लोग ट्रेनिंग के लिये आते थे। अपने कुछ प्रारंभिक लेक्चरों में ही मेरी नजर मेरे ही प्रदेश से आयी एक लड़की पर पड़ी जिसे देखते ही मुझे शॉक जैसा लगा। यह शॉक मेरे पहले प्यार जैसा ही था। एक पागलपन और जुनून में ले जाने वाला। वह मुझसे पंद्रह बीस साल छोटी थी पर यह शॉक उम्र कहां देखता है। दिन गुजरते गये। न चाहते हुए भी उसके प्रति मेरी दीवानगी बढ़ती गयी। उस बच्ची का भी शायद कोई ब्वायफ्रेंड नहीं था और मेरा प्यार उसे उस ग्लैमर में खींच रहा था जो उसकी नजर में एक बड़े रुतबे और पैसे वाले आदमी के लिये होता है। वह भी मेरे साथ आ गयी थी। ऐसी खबरें ज्यादा छिपती तो हैं नहीं। पहले वहां के स्टाफ को और कुछ ही समय में मेरी पत्नी को भी यह सब पता चल गया। उसने मुझे इन छिछोरी हरकतों से दूर रहने के लिये धमकाया। प्रकट में तो मैंने मान जाने का दिखावा किया पर यह सिलसिला रुकने वाला कहां था। सब कुछ यों ही जारी रहा।'

'काफी दिलफेंक आदमी थे आप भी। बुढ़ापे तक।' मैंने कहा।

'सर, कम से कम आप तो समझने की कोशिश करिये। पूरे जीवन भर मैंने अपने इनीशियेटिव से कोई भी गलत काम नहीं किया। प्रकृति ने ही पहला प्यार पैदा किया। मेरी हर कोशिश के बावजूद भी बिना मेरी किसी गलती के वह प्रकृति ने ही तोड़ दिया। मातंगी के साथ में भी मेरा कोई सक्रिय प्रयास नहीं था पर अपनी नशे की बहक के प्रायश्चित स्वरुप मैंने उसे पूरा सम्मान दिया। मेरे बॉस

की लड़की का प्रकरण भी मेरी तरफ से नहीं था। ट्रेनिंग वाली लड़की के शॉक के पहले दसियों साल तक मैंने इस तरह की कोई हरकत नहीं की थी। यह भी जो हुआ वह प्रकृतिजन्य ही था।'

'और आप के प्रति पूरी तरह समर्पित मातंगी को घर से निकालना भी प्रकृतिजन्य ही था क्या?' मैं व्यंगपूर्वक बोला।

'मैंने उसे एक बार भी जाने को नहीं कहा था सर।' शर्मा जी ने आहत भाव से कहा-'उसके अचानक छोड़ जाने के बाद काफी दिनों तक मैं उसके लिये परेशान भी रहा और उसे खोजने की कोशिश भी बहुत की।'

'फिर क्या हुआ? अपनी बेटी की उम्र की लड़की से आपने शादी कर ली होगी?'

'इतनी आसानी से नहीं सर। मेरे बॉस की लड़की ने इस मामले को लेकर मेरी जिन्दगी नर्क बना दी थी। मैंने उसे हर तरह की पेशकश की पर वह किसी भी हालत में इस लड़की को स्वीकार करने के लिये तैयार नहीं थी।'

'आप दूसरी शादी करने जा रहे थे जो हम लोगों में अवैध है और आपको अपनी दस पंद्रह साल से आपके साथ रह रही पत्नी से उम्मीद थी कि वह आपको अपनी बेटी की उम्र की लड़की से शादी करने में आपको सपोर्ट करेगी?'

'हां सर, उम्मीद तो थी। मैं भी तो उसके एक्स हसबैण्ड को लगातार झेल रहा था जिसके साथ उसका डाइवोर्स भी नहीं हुआ था। हर महीने दो महीने में पैसों के लिये बेशर्मी से दरवाजे पर आ खड़ा होता था और गाली गलौज के साथ उसे छेड़ता भी रहता था।'

'बच्चों का क्या?'

'बच्चे नहीं थे सर। टेस्ट कराने पर कमी मुझमें ही निकली थी। हम लोगों ने एक बच्चे को एडॉप्ट करने की कोशिश भी की थी पर सफल नहीं रहे।'

'अपनी नपुंसकता जानते हुए भी आप केवल अपने लस्ट के लिये एक नयी कम उम्र की लड़की की पूरी की पूरी जिन्दगी बरबाद करना चाहते थे? धन्य हैं महाराज।'

'सच कहता हूं सर, मुझे नहीं पता।' वह बहुत ही डिफेंसिव आवाज में बोले-'इस सारे सिलसिले में मेरा अपना कोई कन्ट्रोल था ही नहीं। कहानी सं-

क्षिप्त करने के लिये मैंने बहुत बातें छोड़ दी हैं। उस लड़की के प्रति अचानक से पैदा हुए इस जुनून का कोई कारण मेरी समझ से परे था। मैंने इसको रेसिस्ट करने की बहुत बहुत कोशिश की थी। मैं जानता था कि यह गलत था। बहुत गलत था। मैं यह सब बिलकुल नहीं करना चाहता था लेकिन मेरे बस में नहीं था।'

'फिर?' अब मैं भी इस बोर कहानी को जल्दी से जल्दी खत्म करना चाहता था।

'मैंने इस लड़की का पता किया। यह मेरे ही शहर की थी पर इसके मां बाप बाबा दादी कोई नहीं थे। एक बुआ ही थीं जो तुरन्त ही छप्पर फाड़ कर टपकी ऐसी शादी के लिये दूल्हे की उम्र का ख्याल किये बगैर मान गयीं। कुछ लोगों ने बताया कि लड़की की मां को उसके पति ने छोड़ दिया था और लड़की ने दुबारा शादी नहीं की थी। लेकिन इन सब से क्या? आज के जमाने में तो यह सब आम था। शादी हो गयी और वहां के रिवाजों के अनुसार गौने की तारीख दो महीने बाद तय हुई।'

'फिर?' मैंने ऊबे से स्वर में कहा।

'सर, उसी रात मेरे बाबा जी आये, शायद सपने में। ज्यादा कुछ तो याद नहीं रहा मुझे, पर यह पक्का याद था कि उन्होंने मुझे मेरे जीवन का परम रहस्य बताया।' शर्मा जी ने कहानी में नाटकीयता का पुट देते हुए मेरी ओर देखा।

मैंने बिना किसी अतिरिक्त उत्साह के पूछा-'क्या रहस्य?'

'मातंगी ही मेरे जीवन की अविद्या थी।'

मैं शर्मा जी को देखता ही रह गया। इसका क्या मतलब था?

'वह मेरे जीवन की प्रगति थी, समृद्धि थी लेकिन एक कृत्रिम ज्ञान, बनावटी जिन्दगी, जीवन भर की बेचैनी और नर्क।'

'लेकिन उसने तो आपका सपोर्ट हर स्थिति में किया जब आपके अपने मां बाप भी आपका साथ छोड़ चुके थे। उसने आपके लिये कभी समाज की भी परवाह नहीं की।'

'वह आदर्श ज्ञान थी। जिस परिस्थिति में जो भी करना नियम से सही होता था वह वही करती थी। लेकिन उसमें आत्मा नहीं थी। हममे से तमाम लोग यही करते हैं। सर, हम सब अपनी अपनी अविद्याओं के साथ रहते हैं। मेरे प्रतीक

कथा में वह सशरीर मेरे साथ थी पर अधिकतर मामलों में वह हमारे ज्ञान के तौर पर साथ होती है। थोथा, बिना किसी अपने अनुभव के दूसरों से प्राप्त किया गया ज्ञान, बिना भावना वाला ज्ञान, जो हमें घमण्डी तो बना देता है पर आत्मा नहीं देता।'

अचानक मेरी बुद्धि खुलने लगी। कहानी का मर्म समझ में आने लगा। सच है, हम सब अपने अपने थोथे ज्ञान को ही सब कुछ समझते हुए उसी पर इतराते जिन्दगी बिता देते हैं। अविद्या अधिकांश लोगों के साथ होती है जिसे वे विद्या समझते रहते हैं।

मैं शर्मा जी को देखता ही रह गया।

उन्होंने सर झुका कर आगे कहा-'अगले ही दिन बहुत समय बाद मातंगी स्वयं भी अचानक मेरे सामने प्रकट हो गयी, जैसी की तैसी। कोई बुढ़ापे का लक्षण नहीं था। लेकिन ताजगी भी नहीं थी। एकदम खोखले ज्ञान की तरह जो पुराना नहीं होता पर उसमें ताजगी भी नहीं होती।'

बिना किसी हाल चाल, बिना किसी भूमिका के उसने कहा-'मैं थोड़ा पहले आना चाहती थी, खास तौर पर आपकी शादी से पहले तो जरुर ही आना चाहती थी पर लाख कोशिशों के बाद भी नहीं पहुंच पायी।'

'क्या हो गया मातंगी? क्यों आना चाहती थी? तुम थी कहां? बिना कुछ कहे सुने कहां चली गयी थी?' एक ही सांस में मैंने उससे कई सवाल कर डाले।

'मैं आपको एक जरुरी सूचना देना चाहती थी।'

'जरुरी सूचना? ऐसी क्या जरुरी सूचना थी मातंगी जिसके लिये इतने लम्बे अन्तराल के बाद तुम्हें अचानक इस तरह आना पड़ा?'

उसने सीधे मेरी आंखों में देखा जिसमें पता नहीं कितनी रहस्यमयता थी, मेरा उपहास था और मेरे लिये नफरत थी। मैंने अपने गर्हित जीवन में तमाम लोगों की नफरत झेली थी लेकिन मातंगी की नफरत ने मुझे एकदम बेसहारा बना दिया।मेरी अविद्या भी आज मेरा साथ छोड़ रही थी।

उसने कहा-'आपकी पहली पत्नी जब आपको छोड़ कर गयी थी तब वह गर्भवती थी।'

इस छोटे से वाक्य ने मेरे पूरे वजूद को सनसना दिया। कैसे हो सकता था?

मैंने तो अपना स्पर्म टेस्ट दो बार कराया था और यह तय था कि मैं बाप बनने के योग्य नहीं था।

'कैसे हो सकती थी? मैं तो मेडिकली टेस्टेड इनफर्टाइल मेल हूं।'

'यह मैं नहीं जानती। लेकिन यह पक्का है कि वह गर्भवती थी और पांच छह महीने बाद उसने एक बच्ची को जन्म दिया था। बच्ची के जन्म के समय उसने और उसके मां बाप ने आपको खोजने की बहुत कोशिश की पर हम लोग उत्तराखण्ड जा चुके थे और हमसे सम्पर्क का कोई जरिया उनके पास नहीं था।'

'हे भगवान।'

'अपराध बोध में वह ज्यादा जी नहीं पायी। बच्ची की परवरिश उसके नाना नानी ने की।'

'कहां है वह बच्ची?' मेरी उत्सुकता पहाड़ बनती जा रही थी।

'आपकी नयी नवेली पत्नी है।' उसने धीरे से कहा।

एकबारगी तो मैं कुछ समझ ही नहीं पाया। पत्थर की तरह भावहीन निगाहों से उसे देखता ही रह गया। मेरी बेटी, मेरी पत्नी? यह क्या हो गया था? मेरा दिमाग सनसनाना गया। चक्कर जैसा आने लगा। सीने में तेज दर्द उठा और आप से आप मेरी पीठ सोफे की पुश्त से लग गयी। मैं निढाल बैठ गया।

'आप क्यों इतना परेशान हो रहे हैं? आप के पास तो अपने कृत्य को ढकने के लिये बहुत से तर्क हैं। आप इनफर्टाइल हैं इसलिये ये जरुरी नहीं है कि वह बच्ची आपकी ही हो। आपको उसके बारे में कुछ पता नहीं था और एक दूसरे राज्य में उससे मुलाकात होने पर पता होने का कोई जरिया भी नहीं था। सब कुछ गलती से हो गया। हो सकता है कि मैं आप से झूठ बोल रही होऊं। आप का तो कोई दोष है ही नहीं।' अविद्या के तर्क अपनी जगह थे।

'मैं क्या करुं?' मैं पूरी तरह असहाय स्वर में बोला-'इस महापाप के लिये सारे नर्क झेलने के बाद भी इससे मुक्ति नहीं है। मैं तर्कों का क्या करुंगा? चाहे जो भी तर्क हों वह है तो मेरी बेटी ही। मेरी लम्पटता मुझे नर्क की इस आग में डाल देगी, इसकी तो मुझे कभी कोई कल्पना ही नहीं थी। इस जिन्दगी में तो क्या, मरने के बाद भी मैं अपने पितरों को मुंह दिखाने लायक नहीं रहूंगा।'

'पितरों को मुंह दिखाने में क्या समस्या है? आपके पास तो बहुत से तर्क

हैं। सच भी हो सकते हैं। पर आपके बाप के पास तो कोई तर्क भी नहीं थे।'

मैं सन्नाटे में आ गया-'मेरे बाप ने क्या किया?'

'अपनी बेटी से बलात्कार। बार बार।'

'बेटी? उनकी कौन बेटी थी? तुम बिलकुल झूठ बोल रही हो।'

'आपको पता है कि मैं कौन हूं?' उसने बर्फ से भी ज्यादा ठण्डी आवाज में पूछा।

'मैं तो यही जानता हूं कि किसी रिश्तेदार की बेटी हो जो मां बाप के न रहने के बाद बेसहारा हो गयी थी। मेरे पिता ने ही तुम्हें अपने घर में शरण दी थी। उन की वजह से ही तुम्हारी जिन्दगी है और तुम उनके बारे में ही ऐसा कह रही हो?'

'आपके पिता पुश्तैनी सम्पत्ति के बंटवारे के समय अपने गांव गये थे। वहां उन्हें अपने दूर दराज की एक बुआ की लड़की बहुत अच्छी लगी तो केवल मौज मस्ती के लिये उसे शादी का झांसा देकर उसके साथ शारीरिक सम्बन्ध बना लिये और बंटवारे का काम खत्म होने पर आराम से अपने घर लौट कर सब कुछ भूल गये। गांव के दकियानूसी माहौल में किस किस संकटों से गुजर कर उस लड़की ने मुझे जन्म दिया और पाल पोस कर बड़ा किया, यह उनके ख्याल में भी कभी नहीं आया। मेरी मां की मौत के बाद आपके दादा जी के क्रिया कर्म के समय मुझे वहां ले जाया गया और आपके पिताजी को पूरी हकीकत बता कर उनसे यह प्रार्थना की गयी कि अपनी इस पूरी तरह बेसहारा बेटी की शादी में कुछ मदद कर दें। उन्होंने यह कह कर मुझे अपने ही घर पर रख लिया कि यहां उनकी बेटी की परवरिश और शादी बहुत अच्छे से हो सकेगी। उसके बाद आप जानते ही हैं कि मेरी हैसियत उस घर में क्या रही। एक टेम्परेरी मेड की, जिसे बिना किसी गलती के अचानक उस घर से बिना यह सोचे निकाल बाहर किया गया कि गांव के परिवेश में पली यह बेसहारा लड़की कहां जायेगी? कैसे जिन्दा रहेगी?'

'मातंगी, मैं भी यह कभी नहीं समझ पाया कि ऐसा क्यों हुआ? मैं तो हमेशा ही तुम्हारे सपोर्ट में रहा। मैं हमेशा तुम्हारी मदद करना चाहता था।'

'गांव वालों के जाने के दूसरे ही दिन आपकी मां को धोखे से नींद की गोली खिला कर मेरे बाप सर्वेन्ट क्वार्टर में मेरे पास आ गये और यह कह कर दरवाजा खुलवाया कि मां की तबियत खराब हो रही थी और उन्हें गर्म पानी चाहिये। बिना

किसी आशंका के मैंने दरवाजा खोला और उन्होंने मुझे वहीं दबोच लिया। वे तो अच्छी तरह जानते थे न, कि मैं उनकी बेटी थी। अपनी मौज मस्ती के लिये उन्होंने मेरी मां को झांसा दिया। उसे अपनी पत्नी समझने का तो कोई सवाल ही नहीं था। इसी तरह मुझे भी बेटी मानने का क्या सवाल होता? अपनी मां की तरह ही मैं भी उनकी मौज मस्ती का एक नया जरिया थी।'

'हे भगवान।' मेरे मुंह से कुछ और निकल ही नहीं पाया।

'यह सिलसिला रोज का रोज जारी रहा। उनकी ज्यादतियों ने मुझे शारीरिक और मानसिक रुप से बहुत बीमार कर दिया। मैं मर जाना चाहती थी। मैंने जान देने की असफल कोशिश भी की थी।'

'हे भगवान।' मेरे पास और कुछ भी कहने को नहीं था।

'फिर यह सब आपकी मां को मालूम पड़ गया और मुझे ही घर से निकाल दिया गया।'

'इस हिसाब से तुम मेरी बहन हो। तुमने पहले मुझे यह सब बता कर मुझे इस पाप से बचाया क्यों नहीं? मैंने तो कभी तुम्हें बुरी नजर से नहीं देखा था।'

'अब मेरे पास पाप पुण्य का कोई भाव ही नहीं रह गया था। मैं पूरी तरह परिस्थितियों के हवाले थी। आप शायद नहीं समझ पायेंगे। कोई नहीं समझ पायेगा। मेरी जैसी परिस्थितियों से गुजरने वाले ही इसे समझ सकते हैं। कुछ भी नहीं बचता है। कुछ नहीं रह जाता है। जिन्दगी भी।'

मैं चुपचाप उसे देख रहा था। वह अपने भाव में कहती ही रही-'आप को क्या लगता है, आप की जिन्दगी ढर्रे पर आते ही मैं क्यों चली गयी? क्योंकि मैं एक भावनाशून्य लाश भर हूं। एक जिन्दा लाश, जिस पर कुछ भी गुजरे, उसे फर्क नहीं पड़ता। उसकी कोई चाह नहीं होती है।'

'मेरे पिता का क्या हुआ? उन्हें इस जघन्य पाप की कुछ सजा मिली या नहीं?'

'मुझे क्या लेना देना है इससे? उनका अपना कर्म है। वो जानें या अगर कोई ऊपरवाला है तो वह जाने। अपनी तो गुजर गयी।' वह जाने के लिये उठ गयी।

पता नहीं क्यों मेरी आंखें नम हो आयीं। लाख कोशिश करने पर भी आंसू

थमे नहीं। इस दुनियां में आदमी बहुत अपराधबोध या पछतावे की स्थिति में आता है तो ज्यादा से ज्यादा यह चाहता है कि उसे मौत आ जाये। मेरा निस्तारण तो मौत से भी नहीं था। भीगी आंखों से पता नहीं कब जुड़ गये अपने हाथों के साथ मैं बोला-'मातंगी, मुझे इतने बुरे हालात में छोड़ कर मत जाओ। मैं अचानक से बहुत अकेला हो गया हूं।'

उसने मुस्कराते हुए मेरी ओर देखा-'मैं केवल यह कहने के लिये आपके पास जल्दी से जल्दी आना चाहती थी कि एक और लड़की को मातंगी मत बनाइये। अपने बाप की विरासत को आगे मत बढ़ाइये। उसे यहीं खत्म कर दीजिये। अगर कर सकें तो।'

आंसुओं से धुंधलाई आंखों के साफ होने पर मैंने देखा कि वह जा चुकी थी। यहां मेरे साथ कोई नहीं था।

कहानी के इस हिस्से को मैं भी मंत्रमुग्ध भाव से सुनता ही रह गया। किसी सवाल या किसी विचार की कोई गुंजाइश ही नहीं बनी। अपनी यादों में डूबते उतराते शर्मा जी के चेहरे के हाहाकारी भावों को देखते हुए मैं चुप ही रहा। काफी देर बाद उन्होंने मेरी ओर देखा। मेरे चेहरे पर उपेक्षा या बोरियत के भाव नहीं थे।

धीरे से मैंने पूछा-'उसके बाद क्या हुआ शर्मा जी?'

'पश्चाताप व निराशा के गर्त से थोड़ा बाहर आते ही मैं सबसे पहले अपनी बेटी के घर गया और उसकी बुआ से इन बातों की तस्दीक की। सब कुछ सही निकला। मुझे पता नहीं था कि मातंगी कहां से सूचनाएं निकाल कर लाती थी पर वे सच होती थीं। मैंने उसकी बुआ से अपने बारे में सब कुछ सच सच बता दिया और कुछ ही दिनों में म्यूचुअल डाइवोर्स के पेपर्स डाल दिये। सातवें महीने में डाइवोर्स हो गया। अब वह अपने कैरियर और शादी के लिये मुक्त थी। हर संभव सहायता के लिये मैं, उसका बाप था ही।

मेरे बॉस की बेटी, मेरी पत्नी मुझे माफ करके मेरे साथ रहने लगी क्योंकि उसके पास भी और कोई विकल्प नहीं था।

जैसे शिव ने अपनी ही पुत्री सरस्वती पर आसक्ति रखने वाले ब्रह्मा का ऊपर की ओर देखने वाला पांचवां सर काट दिया था वैसे ही मातंगी ने मेरा घमण्ड और अकड़ से भरा सदा ऊपर ही ऊपर को देखने वाला अहंकारी सर

काट डाला था। अब तो मैं भी एक शापित प्रेत की तरह ही हो गया था जिसका कहीं कोई सम्मान नहीं था। जिसे सारा समाज दूर ही रखना चाहता था। लेकिन मेरी सबसे बड़ी यंत्रणा यह है कि प्रायश्चित के सारे प्रयासों के बाद भी मेरे भीतर एक नर्क जैसी आग जलती रहती है जिसके बुझाने का कोई उपाय मेरे पास नहीं है। उसे ही भुलाने के लिये बच्चों के साथ खेलने की कोशिश करता रहता हूं। मैं हर कुछ करने को तैयार हूं जो मुझे मां सरस्वती की कृपा दिला सके। सही ज्ञान, सही विद्या, सही दिशा और आत्मा की शान्ति।'

शर्मा जी के जाने के पहले हम काफी देर चुपचाप बैठे रहे। पूरा का पूरा वातावरण मां सरस्वती के रंग में रंगा हुआ था। मुझे बसन्त पंचमी का एक नया ही आयाम नजर आया था।

www.ingramcontent.com/pod-product-compliance
Lightning Source LLC
LaVergne TN
LVHW051546170726
843492LV00006B/1966